MINGUO
TONGSU XIAOSHUO DIANCANG WENKU

民国通俗小说
典藏文库

耿郁溪 卷

# 女性公敌

耿
郁
溪

中国文史出版社

# 目　　录

# 第一回 第一个叛徒

刘蔼龄是一个年过三十的中年男性，他具有极浓厚的感情和一颗耿直不阿的心。不过因为他在社会里磨炼得久了，况且他又留心一切，把世态人情看得很透彻，而他又直爽地把人家不知道的事说出来，所以有些女人竟说他坏。女人批评什么事，都是非常浅薄的。比方小说描写低级社会的事，她便说小说低级，于是写小说的人也低级起来。假如小说都是写高级社会的，才叫高级，那么低级社会就没人去写了吗？

刘蔼龄知道社会的事情很多，而女人全说他坏，其实他有着热忱的心肠。他对于女性，向来是同情的，因为他同情女人，所以女人才不同情他。他有个很好的女友，叫黎滨，他们两个人的感情很好。黎滨是一个多情女郎，而且又是初恋，所以和刘蔼龄很热烈，刘蔼龄也是价实地爱她。因为她是一个富有学识和思想的女人，与一般只以吃喝玩乐为摩登的女性大不相同。她是很俭朴而纯洁的姑娘，刘蔼龄爱她，也就是因为这个。黎滨对于刘蔼龄，以前还不大相信他，因为她早听说刘蔼龄不忠实，见女人就爱，非常滑头。自认识了他以后，她觉得以前所听到的实在不正确，他实在老实而忠诚的。

黎滨有个同学，叫柳燕。柳燕是一个聪明而活泼的女郎。她非常美丽动人，因为她美丽，所以向她追逐的男性非常多，因此而时常引起她的自傲。她比黎滨小一岁，可是恋爱的经验却比黎滨多得多了。她的恋爱却不叫恋爱，只是玩弄而已。她有时也爱，爱着许多男性，爱着那漂亮的、年轻的、有学问、又有钱的男性。

　　她早就知道刘蔼龄，她知道刘蔼龄是个色情狂，玩弄女性的魔鬼。她以为她这样漂亮，一定能叫刘蔼龄上钩，非追不可，她有这自信。可是她不认识刘蔼龄，这时她听黎滨认识了他，而且还热烈地爱他，她有些生气，以为天下的男人都应当爱她才好，虽然她不必爱天下男人。

　　她便对黎滨说："刘蔼龄这个人太坏了，最好要留神。"

　　黎滨道："我看他对我还忠实。"

　　柳燕生气道："你呀，真是傻子。情场就是战场，情人正是斗士。投到人的怀里，就是你的失败。"

　　黎滨道："不然，爱情是自然的，两个人的结合，就是成功的表现，不能认为谁是失败。比方我的目的是要投到他的怀里，现我竟能投到他的怀里了，这是我的成功呀，怎么倒是我的失败呢?"

　　柳燕道："你对于爱情看得就这么简单吗?"

　　黎滨道："爱情本来就不是复杂的，它是多么单纯啊!"

　　柳燕道："好吧，我也不和你多辩，将来有你后悔的时候。"

　　黎滨道："你失过恋吗?"

　　柳燕道："没有。"

　　黎滨道："既没有失过恋，为什么这样顾忌呢?"

　　柳燕道："因为我顾忌，所以才不失恋。"

　　黎滨道："我认为男女之相好，无所谓失恋。"

柳燕道："等到他不爱你的时候，你就是失恋了。"

黎滨道："现在他爱着我呀。"

柳燕道："哼，傻子，你哪里斗得过刘蔼龄？他是多么坏的人啊！你将来有上他当的一天。今天他对你说了好听的话，明天呢？你一定要上他的当。你看着吧，你若是不信，我还有个方法，能够在最短的时间，证明我的话不会错。"

黎滨道："怎样证明呢？"

柳燕道："你必须离开这里，回到家里去。"

黎滨道："我什么理由回去呢？"

柳燕道："你就说回家过八月节，因为每年的中秋节，都在家里团聚。父亲从家里来信，叫八月节前回去，大概住上一个月就可以回来了。"

黎滨道："这怎么能够知道上当不上当呢？"

柳燕道："自然我有方法，你不必管了。准保不出一个月，就可以证明他对你不忠实了。"

黎滨道："怎么证明呢？"

柳燕道："我自有证据给你。"

黎滨道："若是没有呢？"

柳燕道："不能没有，若是没有不是更可以坚信他，使你更快乐了吗？"

黎滨将信将疑道："好吧，我也打算回家一趟呢。"

柳燕道："在你和他说你要回去的时候，看他是怎么表情，那时就可以断定他的诚意有几分。"

她们商量好了，便由黎滨向刘蔼龄去说。她自听了柳燕的话，对于刘蔼龄一举一动、一言一语，都加以仔细考察，考察他是不是真心。

她见了刘蔼龄便说："我要走了。"

刘蔼龄一听，不由一惊道："你上哪儿去?"

黎滨道："我回家。"

刘蔼龄道："回家做什么呢?"

黎滨笑道："不做什么。看大节下的，还不回家一趟吗?"

刘蔼龄道："你去多少天呢?"

黎滨道："不一定，也许一个月，也许两个月。"

刘蔼龄道："我们玩得正好，为什么就回去呢? 难道你一点也没有顾念到我吗? 你一点儿都不难过吗?"

黎滨看了看他，笑道："我不难过。"

刘蔼龄道："哼，真狠心!"

黎滨笑道："什么狠心，难道就不准人回家吗?"

刘蔼龄道："那你去这么久，你不会去一个礼拜就回来吗?"

黎滨道："我告诉你，我若是八月节前回去，我到年下就不回去了。假如八月节不回去，年下就非回去不可，可是年下回去，在家住的日子更久了。"

刘蔼龄一听，便道："那么你回去吧。"

黎滨不由奇怪了，纳闷他为什么愿意自己回去，真的他对自己忠实吗? 便问道："你为什么又叫我回去了呢?"

刘蔼龄道："你早走可以早回来，年下还可以不分离，多么好呢!"

黎滨一听，又欢喜了，知道他仍是忠实于自己的。

见了柳燕不免又谈起来，柳燕道："你不用忙，等到你走了后再看。"

黎滨道:"走了也不至于。"

柳燕道:"但愿如此。明天周大姐请吃饭,给你饯行,我们一同去吧。听说还有一位陶小姐,就是陶静,你知道吧?"

黎滨道:"知道,她不是也同刘蔼龄认识吗?"

柳燕道:"是呀。"

黎滨道:"周姐怎么和她认识的?"

柳燕道:"也是由刘蔼龄那里认识的。"黎滨点了点头。

第二天,她们便一起到周大姐那里去了。周大姐叫周兰,比黎滨大两岁,她已经是位太太了。她们三个人从小时就拜了干姐妹,真是比亲的还热。周兰因为黎滨要回家,所以定这天给她饯行,借此机会大家聚一下,并约了陶静。陶静和她们虽然没有见过面,可是和柳燕、黎滨都是先后同学,彼此都知道的。以外还约了两位小姐。

这天她们彼此见了面,互相介绍,谈得很欢。忽然周兰提到刘蔼龄,她说:"如果今天刘蔼龄能够来,一定更有意思了。"

别人还没有答言,柳燕却先说道:"呵,大姐今天提刘蔼龄,据我听到都有三次之多了。大姐一共才见了刘蔼龄两次,居然就口不离名,刘蔼龄的魔力不小。"

周兰听了,不但不恼,还有得意的神气,她笑道:"提提又有什么?"

黎滨本来不注意,可是经柳燕这么一说,她却留心周兰了。果然一提到刘蔼龄,周兰便显得高兴的样子,她也不言语。

柳燕道:"其实刘蔼龄有什么好?既不漂亮,又不年轻。并且是女人他就爱,他简直是女性公敌。不信女人见了他会喜欢到那样,真奇怪。"

5

大家一听，也都说道："真的，刘蔼龄有什么可爱？他完全是在玩弄女性，那个人简直不可理透了。"

黎滨道："不见他的人，都以为他是极坏的一个人，如果见了他就不会有这么批评了，因为他实在是一个诚实人。"

周兰道："我也以为他是一个诚实人，绝不像外边批评他的那么坏。"

柳燕哼了一声说道："我不同你们多辩，将来我一定给你们证据看，这时说什么都不灵。"

陶静也同意柳燕的话，她说："我虽然见过刘蔼龄两次，可是我对于他还认识不清楚，我所见的刘蔼龄确是很老实诚恳。不过这很早了，至少在三年前。现在听说他确实变得很滑头。我有个很好的朋友，和刘蔼龄很熟，最近我劝他不要理他了。"

柳燕道："好极了，我就不主张理刘蔼龄，并且凡是理刘蔼龄的，我就不理她了。"

黎滨和周兰一听，口里说不出来什么。她们是这样想，反正也不必抬杠，也许柳燕的话是好话，不过刘蔼龄也仍旧可以交，可以爱——爱他是一种美的词句，其实也就是想拿他解解自己的枯闷。

刘蔼龄也的确有一种解人烦闷的本事，他并不喜于定词，可是说出话来，总能叫女人喜欢。好听话，不在多，只要能说到每个人的心坎里，那就很不容易。其实较真儿说起来，对于刘蔼龄怀恨憎恶的人，也许是对刘蔼龄有好处，那对刘蔼龄亲近的，正是对于刘蔼龄不利的，因为她们只是在玩弄着他而已。

所谓"玩弄"还是一个好名词，女人还够不上玩弄的本事，因为女人是感性的，"玩弄"两个字非感性人所能做得到。女人爱人是真的，女人憎恶人也是真的。女人把一个男人抛弃了，这也是真的，而以前和这个男人海誓山盟的时候，也是真的。拿水性杨花来比她们，却是很好，而够不上"玩弄"。

黎滨和周兰这时全没想到玩弄着刘蔼龄，不过她们却已想到不能和刘蔼龄结合，不能长久。既知不能长久，而还要爱，这完全是为了目前的消遣了。在刘蔼龄可以作消遣的时候，她们总还觉得他可爱，等到觉得不可爱的时候，那就是刘蔼龄连被消遣的资格都没有了，或是她们另外有了更可以消遣的人在。而她们这时却一致地把刘蔼龄认为是女性公敌，她们就是这样矫情，她们就是这样不讲理。

闲话少说吧，她们谈了一会儿，便吃起饭来，由周兰自己做。周兰本来是有婆婆的，因为今天周兰请客，所以婆婆出门打牌去了。周兰婆婆和她们谈不来，她们有周兰婆婆也玩不痛快。周兰婆婆出去打牌，她们吃得蛮有味。吃完了饭，她们又谈了一会儿，柳燕因为住得远，她要回去，陶静因为同情柳燕，所以愿意和她一路走，两个人在路上可以再谈一会儿。

这里就剩下黎滨和周兰。周兰说道："柳燕这个人，你得留点神，别太听她的话。她不一定又安了什么主意，她那人心里比我们活动得多。"

黎滨道："没关系，我自有我的主意。"

周兰道："你的主意固然她移动不了，可是她能够移动刘蔼龄的主意呀！你想，她年轻、漂亮，她有钱，样样都比你强些，你能斗得过她吗？"

黎滨听了这话，想了想，说道："她不会夺我的情人，因为她还恨着刘蔼龄呢。"

周兰道："她只是说恨他，她因为刘蔼龄爱你，所以才恨他。如果刘蔼龄爱她，她也就不恨他了。"

黎滨说道："如果刘蔼龄爱她，我就马上不爱刘蔼龄，这样可以证明刘蔼龄对我不忠实，我更可以马上不理他。"

周兰道："可是有一样，假如柳燕用手段把刘蔼龄骗了的话，那你也就被她骗了。"

黎滨道："反正我有我的主意。"周兰见她这样说，也就不再言语了。

黎滨坐了一会儿，也就回去了。她想着刘蔼龄，心里有种说不出来的不安，仿佛有许多事都没办，有许多事没弄清楚，一点头绪没有似的。她又怕刘蔼龄被柳燕夺去，她又愿意刘蔼龄被柳燕夺去，因而好证明刘蔼龄对自己不忠实而不理他。

恋爱就怕热恋的时候，初恋和结婚都是放心的，只有热恋猜忌太多。以前也想不到许多问题，一到热恋，问题也来了，破绽也多了，波折也起了，越是热恋越是苦的。这个时候，她愿意得着他的心，不管他的心是什么样，她愿意看个明白，即或他表明说不爱她了，她倒也干净。就怕他当面对她表现得是很热诚真实，而离开时，又想他许多不可靠的地方，那时才是痛苦。有的时候事情当面问，问过之后，经他一解释，心里又放宽了。可是刚一离开他，又有别的疑问发生了。每天总是在愁云疑雾中过着生活。有时有了疑问，还不能问，一问显得自己太小气，而且更会添了对方的意念。比方黎滨怀疑刘蔼龄有爱柳燕的可能，假如问他：你是不是要爱柳燕？那么刘蔼龄也许本来没想到爱柳燕，经这一问，倒许爱了她，这也是可能的事。恋爱中有许多这种说不出的苦恼，怎么能有快乐呢？

第二天，刘蔼龄来找黎滨，见她行李都已打好，行色匆匆，不禁有点凄凉。黎滨说到明天早晨就走的话，刘蔼龄默然无语，过了半天才说了几句保重的话。

黎滨道："你知道柳燕对你是什么评价？"

刘蔼龄道："我不知道。"

黎滨道："她说你顶不忠实了。"

刘蔼龄道："她怎么能知道我不忠实呢？"

黎滨道："就知道，她就这么说你滑。"

刘蔼龄道："她不但没有和我恋爱过，就是见面也只是两三次，这两三次也仅仅谈了几句话，怎么能知道我不忠实呢？真奇怪，我对谁不忠实呢？"

黎滨道："你对谁都不忠实，人家批评你是女性公敌。"

刘蔼龄笑了起来道："我假如能够得到这外号，也算很可以的了。但是我的爱人只是你一个人，怎见得我是女性公敌呢？女人评价人，永远是主观的，你可相信她的话吗？"

黎滨说道："半信半疑。"

刘蔼龄道："我真难过，你还有一半相信她的话吗？"

黎滨道："在你未能证实对我忠实以前，我不能认为她的话是恶意的。"

刘蔼龄道："这样于我们的感情上有很不良的影响，你本不应相信她的话。如果你有一点怀疑，我们便容易发生误会，给人以可乘之机。我们爱我们的好了，何必听人家的？你怎见得她说这话不是一种破坏和离间呢？"

黎滨道："不能，她和我是干姐妹呢。"

刘蔼龄笑道："干姐妹？在情场里面，连亲姐妹都可以成了敌人，何况干姐妹。"

黎滨道："可是她并不爱你。"

刘蔼龄道："有一种人她是不爱，她也不愿意人家爱。这种人是最无聊的。"

黎滨道："她这也是一种关切我。"

刘蔼龄不高兴道："人心永远是这样，总相信那坏的话，而不相信那好的话。我就纳闷，你为什么不相信我，却相信她？爱人是超过友谊的，你这样相信她而对我怀疑，那是我们的关系还不如你们的密切，那么我们的爱，也就没有什么价值的了。"

黎滨听他这话，似是而非，欲要辩白又没有辩白的话可说，她道："我辩不过你。"

刘蔼龄道："干什么辩？这不是明摆的事吗？"

黎滨低下头去没有言语。待了一会儿，她道："我把她说的话告诉你，这不是对你……"

刘蔼龄一听，立刻释然了，她若是不爱自己，她连柳燕的话也就不说了，她因为爱自己，所以才疑自己，他又高兴了。

第二天，黎滨走了，刘蔼龄送她到车站，他说："希望我们常常通信。"

黎滨道："我给你写信，可不准你给我写。"

刘蔼龄道："为什么呢？"

黎滨道："傻子，那是我的家。你的信若是落在我的父亲手里，多么危险呢。"

刘蔼龄一想也对，他万没有料到这也是柳燕的主意。柳燕告诉黎滨，叫刘蔼龄别给她写信，明着是试探他是不是在将来要变心，而意思却是慢慢冷淡了他们的感情。柳燕的手段的确够厉害的呀！

他们离别了，刘蔼龄见车载走了爱人，车站上立刻显得人少了，他带着十分凄凉的滋味，回到家里去。他静等着黎滨的消息，可是等了几天，也没有她的消息到来。他很奇怪，很想到柳燕那里去问，但又怕柳燕错会了他的意思。想给黎滨写信，又不能写，并且也不知道她的通信处。心里是这样着急，而环境又是这样寂寞，他时时感到爱人去了的孤单。

深秋了，一切都是萧然凄冷。他正是无可奈何的时候，忽然接到周兰的一封信，打开信一看，只见上面写着：蔼龄先生，许久不见了。黎滨来信了吗？值此秋凉，爱人远去，这是一种什么滋味呢？积水滩畔，汇通寺前，每在夕阳西照时，一片秋光，很有诗意。请您来吧，这正是一个好谈话的处所呢。明天下午三时，我在这里等您。在那积水滩旁，秋水盈盈，浮着几只白的鸭子，真是好玩极了。

刘蔼龄一看定在明天，真是连回信的工夫都不给，假如可以回信的话，自己也未必要去呢，这是非去不可。可是去也有好处，大好秋光，也正想出去散散步，开拓胸襟。这几天闷得可以了，见了周兰也可以问问黎滨的消息。

打好主意，第二天下午，他便如时去了。由新街口那里下了电车，走蒋养房胡同，一路上尽是土气。到了积水滩，立刻便换了一个境界，海岸旁围绕着许多大树，岸上水面都落了许多树叶，芦苇黄了，一片秋声秋色，倒是给诗人添了不少材料。他一边欣赏着秋影，一边往积水滩走着。走了不远，就看见汇通寺前的山石上，站着一个飞发蓬松的丽人。他猛地一看，对此秋色，古刹背景，当着一个女人，未免心里一跳。他想她真会约这个好地方，在这秋凉天气，心里特别凄索，忽然得到异性伴侣，未免就行出感情来，何况再能够安慰呢！

他走上前去，行了礼，说道："您早来了吗？"

周兰笑道："来了一会儿了，这个地方就和乡间差不多，您来过吗?"

刘蔼龄道:"来过,来过不止一次了,可是每一次所给我的印象都不同。"

周兰道:"今天当然更不同了吧?"

刘蔼龄道:"是的。"说着,他上了山石,在周兰对面站了,说道:"这半天只有您一个人吗?"

周兰道:"可不是? 我正在领略着秋景呢。"

刘蔼龄道:"没有作诗吗?"

周兰道:"有点儿意思,回头想把它写出来。"

周兰的诗是最好的,刘蔼龄最喜欢读她的诗。也就因为她的诗好,所以也喜欢她这个人了。刘蔼龄道:"您的诗是我最喜欢读的。"

周兰笑道:"我那全是瞎写,您得多指教!"

刘蔼龄道:"太客气了,我记得这汇通寺墙上许多题壁诗,现在大概全看不见了。"

周兰道:"往墙上题诗的,不是太好,便是太坏,好的少,坏的多,没有可看的。"

刘蔼龄道:"您常来吗?"

周兰道:"我也不常来,最近因为心里总不高兴,所以来了两次,为是散散闷。"

刘蔼龄道:"有什么不高兴呢?"

周兰道:"我们慢慢走着说好吗?"

刘蔼龄道:"好极了。"

他们下了石阶,脚下一条小溪,浮着几只白鸭,绿荫深处,还略带夏意,另有一种野趣。走过了一个石桥,又沿着北岸往东走。周兰道:"黎滨没有来信吗?"

刘蔼龄道："奇怪呢，一封信也没有来。我今天来，也是顺便想问一问她的消息。"

周兰道："我也始终没有得到她的消息，她同柳燕一定常通信，您可以向柳燕打听，她一定会告诉您。"

刘蔼龄道："我不愿意见她。"

周兰笑道："为什么呢？"

刘蔼龄道："她对我印象不好。"

周兰道："您怎么知道的呢？"

刘蔼龄道："黎滨告诉我的。"

周兰道："黎滨对您真忠实呀！"

刘蔼龄道："既然相爱，就得忠实。"

周兰道："可是这话也靠不住。"

刘蔼龄惊讶道："怎么？"

周兰道："因为黎滨非常听柳燕的话。"

刘蔼龄道："这是因为什么呢？"

周兰道："她不听不成，因为黎滨在这里，仗着柳燕帮助的地方很多。如果她不听柳燕的话，柳燕便拿种种要挟来吓她，黎滨就不能不听了。黎滨对您说出柳燕的话，真是对您太忠实了。不过终究是要受影响的，恐怕这次黎滨回来，对您就不一样了。"

刘蔼龄道："为什么柳燕对于我却是这么坏呢？"

周兰道："她就是那么一种人，因为环境好，生来就是那么娇气。别人一有了爱人，她就生气，她总以为是男人都得爱她才成呢。最可笑有一次我同她提到您，她就说：'嗬，你怎么也这样念念不忘刘蔼龄呢？'您说她说话多么气人。"

刘蔼龄笑了笑，周兰又道："有一次，我们坐在公园里，我忽然

13

心里不知想什么事，没有说话，她立刻就说，兰姐又想念刘蔼龄了。您看她说话多么可气呢！"

刘蔼龄一听，不由纳闷，她忽然说起这个话是什么意思呢？他道："她是喜欢开玩笑的。"

周兰见他无动于衷的样子，又道："听说刘先生是没有感情的人，是吗？"

刘蔼龄道："怎么没感情呢？"

周兰道："她们都说刘蔼龄是玩弄女性的。"

刘蔼龄道："真奇怪了，是她们玩弄我呢，还是我玩弄她们呢？平常我也不招她们不惹她们，她们高兴起来，找我玩玩，不高兴连理我也不理，这是她们玩弄我呀，怎么会是我玩弄她们呢？"

周兰想了想，可不是嘛，她们玩弄了他，还说他没感情，这真有点不公。她道："她们还说刘先生是女性公敌呢。"

刘蔼龄由鼻子里笑了一下，说道："那么周小姐也是这样想我吗？"

周兰笑道："我还没有确定呢。"

刘蔼龄道："好，又是一个玩弄我的。"

周兰道："咦，您为什么说这种话？"

刘蔼龄道："假如您对我是诚意的，一定要相信我，老远把我叫了来，结果骂了我一顿，这不是玩弄吗？"

周兰笑道："刘先生真会说话，我若是和她们一样看您，我就不约您来了。她们叫我不要理您呢，如果她们知道我理您，她们就不理我了，我这是多大牺牲呢。"

刘蔼龄道："谢谢您的盛意，希望您别理我了，为了我失了好多朋友，太不值得。"

周兰道："可是……"她底下没有说。

刘蔼龄道："我们不知不觉地已经走到了什刹海，我们该回去了。"

周兰道："再多走一走。"

刘蔼龄道："您不累吗？"

周兰道："不累。"

刘蔼龄道："这里离北海很近了，到北海去吧！"

周兰道："不，北海人太多。"

刘蔼龄心里纳闷，朋友一块儿走，还怕人看？大概怕遇见熟人，但遇见熟人也没有关系呀。女人的顾忌太多，又要和异性一块儿玩，又怕人家看见，这也不知是怎么一个心理。他道："那么我们到东边走走，河沿地方有个小楼，我们可以在那里喝点酒，做做名士，好不好？"

周兰笑道："好，名士风流。"

刘蔼龄不知她这话是什么意思，也没有说什么。他们往东，走到一溜河沿，上了路南一个小楼。小楼不大，刚可容几个人。他们走到上面，一个人没有，非常清静。他们先沏了茶，凭窗对坐。南面是一片荷海，荷海全枯了，秋水涨得很高，微风一吹，满海起了皱纹。

周兰道："这个地方倒很雅致。"

刘蔼龄道："这是诗人们的消夏吟诗之地，您不是诗人吗？"

周兰笑道："我的诗还算吗？"

刘蔼龄道："方才您说您有不高兴的事情，现在您可以说了吧？"

周兰道："唉，我是不愿意说的，因为还不到说的时候。"

刘蔼龄道："怎么说话还有时候吗？"

周兰道："对啦。"

刘蔼龄道："现在就是说的时候。"

周兰道："慢慢地说吧，我简直不知从什么地方说起好了。您觉得我这人怎么样？"

刘蔼龄道："您是很富于诗思的人。"

周兰道："诗人都是感情浓厚的，我虽然不是诗人，可是我是一个纯感性人物。记得刘先生说过，纯感性的人是容易变化的，是不是？"

刘蔼龄道："也不尽然，感性人固然容易活动，可是双方的感情对付得合适，那也不是会变的。"

周兰道："假如不合适？"

刘蔼龄道："那就保不住了，您同您的先生不合适吗？"

周兰道："对了，他是个商人，他整天在研究做买卖，他和我的感情简直不相投，可是我还绝自忍耐。柳燕她们时常骂我，说我没有胆量，不能和他反抗。柳燕说若是我，早就和他离婚了。可是我怎么能够像她呢？我虽然不是旧式女人，可是社会仍旧是旧式社会。假如我和丈夫离婚，我要遭到什么物议，您也可以想得出来。"

刘蔼龄道："是的，我以为您能够牺牲一点，把感情寄放在一个为事业努力的，安慰一个为家庭奔苦的人，这也是对的。"

周兰道："像这样的话，从来没有人这样说过，只有您一个人对我这样说。这无疑是给我一种安慰，我非常高兴。可是事情又不是这么简单，假如社会上我所接触的光是我先生一个人，那么我一定这样去做。但是环境是不断地袭击我的心象，这也许是感情太厚的缘故。我有时不能自持，我对于这种信念，有时要动摇起来……"

她说到这里，便不再说了。刘蔼龄也无法插言。两个人沉默了一会儿，刘蔼龄道："我们喝一点酒吧！"

周兰道："也好。"

他们遂要了几两酒，几碟小菜，一边喝着一边谈着。本来他们谁也不会喝，两个人又全有心事，周兰是为了她的家事而烦恼，刘蔼龄为柳燕和一般女人对自己印象这样坏而悲哀。天下真难得知己，像柳燕那样聪明，是很可以爱的，偏偏她聪明过火，她竟这样怀疑自己。她一个人怀疑也还罢了，她还要各处宣传，连相信自己的好朋友也都对自己怀疑了，这是多么令人伤心的事！现在只还有周兰能够这样相信自己，可是她也许是拿自己消遣，也未可知。

他们两个人各想各的心事。静了一会儿，一只白鸥在水面上落下，落在残荷上，等着鱼吃。晚风吹来许多柳树叶子，飘飘飘飘到水面，把白鸥又惊了起来。天空中飞着几只南归的鸣雁，天地都是寂静的。两个人的酒下了肚子，各有点醉意。沉醉的意思，他们并不是醉在酒上，而是醉在环境上。

周兰举杯笑了笑道："真没想到，我会跑到这儿同您喝酒。"

刘蔼龄道："人生是谁也不能预料的，焉知这个冷落的海面，就不是我将来的归宿呢？"

周兰道："不要那样吧，我们还是及时行乐好了，像我这样不自由，心里这样烦恼，可是我现在在这儿，完全把苦恼放在一边，我现在只觉得非常快乐，一切苦恼都没有了。明知道我回家必要挨说，可是宁肯挨骂也要在这里盘桓，我不愿意回去。固然，到家里的享受或者比现在要好，有下人伺候着我，我是个少奶奶，并且多少我还拿一点事。但是我不愿意离开这里，这是什么缘故呢？我本来已经心如死灰的人了，自见了您之后，我觉得上帝还有曙光给我。刘先生，您或者听了这话而轻视我吧？"

刘蔼龄真无法措辞，他道："不，您的环境这样没有诗意，整天为铜臭所包围，我很同情您的。"

周兰道："是吗？那么我很感谢您，喝一杯！"他们又各喝了一杯。

这时太阳已经落下去了，海岸一片黑雾，只有几处张着灯火，和星辰一样闪着。刘蔼龄道："我们回去吧，回去晚了，您要挨说的。"

周兰道："好吧，这个地方真清静，半天没有人上来，有工夫我还要自己来。"说着，他们算了账，走了出去，仍旧顺着原路，散步走回去。

大地还有一点白昼余光，映得水面漾着金波，东岸的灯光，映在水里呈几条线，西山隐在黑暗里，迷蒙一片。周兰又提到家务事，刘蔼龄听着有些不耐烦了，因为他最怕听人家的不痛快，他一听了，也跟着不痛快起来。他同情于周兰，也就罢了，光听她这些不痛快事，也是爱莫能助。最后他说："我非常同情女人，我非常可怜女人，我非常爱女人，可是女人们的许多难解决的事，我仍然是不能替她们解决。我最怕听人家痛苦的事，就如同我受了痛苦一样，我听了半天也是没有办法，徒增苦恼。我向来没有劝人离过婚，我总是劝人家和美。您同我说了这些，我只有同情您而已。"

周兰道："您不喜欢听这些话吗？"

刘蔼龄道："不是不喜欢听，因为听了于您无补，于我也无快乐。"

周兰道："您是自私的吗？"

刘蔼龄道："不，因为我听了之后，仍然不能对您有什么帮助。"

周兰道："您不希望我解除苦恼吗？"

18

刘蔼龄道："希望当然是希望，如果能够在我本身，能够解除您的苦恼，只要不妨碍别人，我一定尽我的力量来给您解决苦恼。可惜我是一个无能者，我没有力量……"

周兰道："不，您能够解除我的苦恼。"

刘蔼龄道："只要能够，我一定竭力去做。我的志向是能够解除一个青年的苦恼，我便尽力去解除。您需要我做什么，您说吧！"

周兰道："这是很容易做的，就是希望您常常像今天这样同我散步。"

刘蔼龄道："那是容易的。"

周兰道："这还需要……"

刘蔼龄道："需要什么？"

周兰道："需要更进一步的，我需要……"

刘蔼龄道："是我容易做的？"他当中夹了一句。

周兰道："是的，很容易做，我需要您的安慰，我需要您的爱情！"

刘蔼龄一听她很坦白地说了出来，便道："可以的，不过将来痛苦要更大。"

周兰道："假如我们只能维持这淡然的、纯洁的爱情，我想我们永久不会变的。"

刘蔼龄道："这只是理想而已。到了某一个时候，它就不会再淡然了。"

周兰道："那有什么关系吗？"

刘蔼龄道："爱情最终的目的是占有，而且是独一的占有。像我们这样下去，恐怕还是痛苦多的。"

周兰道："你怕痛苦吗？"

刘蔼龄道："我倒不怕痛苦，我为了救人，我可以牺牲自己，但是我救不了人，反而叫人苦恼，这是我不愿做的。"

周兰道："我不怕苦恼，并且我绝不苦恼，因为我们只要能永远这样下去，我永远没有苦恼的，我永远快乐的。"

刘蔼龄点了点头道："好吧，那么黎滨……"

周兰道："你还可以照旧爱她。"

刘蔼龄道："是不是叫她知道？"

周兰道："在她未谅解以前，还是不叫她知道好。我要一点儿秘密，这点儿秘密就给我生活上一个大安慰。人生也有坦白，也有秘密，看对哪一方面，不能对任何人都坦白，也不能对任何人都秘密。"

刘蔼龄道："你快乐吗？"

周兰道："快乐，我走了这么远的路，一点儿不累，多么怪呀！我若是常有点儿快乐，家里再痛苦些我也能忍受得了。"

他们已经走到汇通寺前，大地寂寞得要死，月亮上来了，照着海面，越发显得岸上黑暗。

周兰笑道："想不到我今天竟做了叛徒，做了礼教的叛徒，做了社会的叛徒。"

他们接了一个长吻，周兰道："你爱我吗？"

刘蔼龄道："我爱你，我像爱黎滨一样地爱你。"

周兰道："你永远不变吗？"

刘蔼龄道："永远不变，只要你也永远不变。"

周兰道："你不是说为了别人幸福，你可以牺牲自己吗？"

刘蔼龄道："是的，不过我不愿受到别人的欺骗。假如别人用我的爱情来消磨她的时光，来做她情场的行辕，我是不干的。"

周兰道："我相信我和黎滨都是不会变的。但是柳燕就靠不住了，因为她太滑，你爱她吗？"

刘蔼龄道："她不爱我，我为什么要爱她呢？"

周兰道："假如她爱你……"

刘蔼龄道："我们走吧，天已经黑得这样。"

他们又走到积水滩，周兰道："我们在石头上坐一会儿。"

刘蔼龄只得陪着她在石头上坐着，看着月亮，周围都寂然无声。周兰又偎在刘蔼龄的怀里，说道："假如柳燕爱了你……"

刘蔼龄道："她自有她爱的人，也自有爱她的人。她不会爱我，她对我印象那样坏，她不会爱我。"

周兰道："假如她对你用一种手段？"

刘蔼龄道："那我自然也看得出来，况且她连手段也不会向我使的。"

周兰道："我知道她为什么恨你。"

刘蔼龄道："为什么？"

周兰道："因为你不追她。她以为你是女人就爱，她那样美丽，为什么你不追她。"

刘蔼龄道："是女人就爱，也须看女人对我如何。她不爱我，叫我先爱她，我还没做过这样没趣的事。"

周兰道："你不是说同情女人吗？"

刘蔼龄道："我同情那失掉异性安慰的女人。不需要我安慰的，我何必同情她？那不叫同情，那才是无女人不爱呢。柳燕她把我看错了，她以为我是女人都爱的，而且她自信我必要追她的。"

周兰道："你怎么知道？"

刘蔼龄道："由她同黎滨所说的话，我就知道。"

周兰道："黎滨真不给你来信，大概有柳燕的关系。"

刘蔼龄道："不管她吧，顺其自然好了，就不患得患失。不爱我的人，我也不爱她。"

周兰道："你说爱情是不是要专一？"

刘蔼龄道："这话真难答复，按感情上说，一切都没有的，按理智说，就必须专一。可是人们的理智和感情永远是互相争着，所以人们也就永远成了矛盾的人生观。"

周兰道："你觉得理智的好，感情的好？"

刘蔼龄道："我以为应当理智和感情平衡。"

周兰道："是的，有时虽然自己这样说着，可是又不由得心里跟自己别扭。"

刘蔼龄道："所以一切都不必想，顺其自然好了。"

周兰道："虽然那样说，心里也总是想。"

刘蔼龄道："走吧，天气凉起来了，你不冷吗？"

周兰偎了他，看着他一声不语。刘蔼龄又吻了她一下，这才站起来，往大街上走着。来到大街，又是一番繁华景致了。他们分别了，刘蔼龄坐车回到家去，想着今天这个遭遇，不知是甜蜜呢，还是辛苦，他仿佛有许多事涌在心头，可是细想又没有。

第二天柳燕来了信，说："你为什么不来看我呢，是忙吗，是摆架子呢？"

刘蔼龄不由笑了，心里说道：这位小姐，真是怪脾气，和她近了，她怀疑人家有野心；和她远了，她又说架子大，真没办法。黎滨还不来信，究竟她因为什么呢，是不是真变了心？不会，我不要误会她，为误会而生裂痕，实在是不值得的事。

他正想着，忽然周兰来了电话，说道："你昨天回去好吗？"

刘蔼龄道："还好，你呢，没有挨说吗？"

周兰道："虽然没有说，可是那态度却十分令人难堪。我不管那个，不管家里环境怎么恶劣，只要我心灵得了安慰，我所爱的人整个占据着我的心灵，我便快乐，我便知足。家里再恶劣一点儿，我也不怕，我不是为他们而活着，我是为了自己而活着。"

刘蔼龄道："可是你越抱着这种态度，他们越是对你不好呀！"

周兰道："我不管，即或我今天得了安慰，明天死去，也是情愿的。对于他们，就是整个心血掏在他们身上，他们一样不知情的。"

刘蔼龄听了十分替她难过，问道："你现在在哪里呢？"

周兰道："我现在在家门附近一个铺子里。"

刘蔼龄道："那么你说话得留一点儿神。"

周兰道："没有关系。"

刘蔼龄道："可是我不愿意叫他们知道我。"

周兰道："喂，我昨天回到家里接到柳燕一封信。"

刘蔼龄道："她说什么？"

周兰道："没有说什么，我已经给她写了回信，定后天到她那里去。你去吗？你也去好不好？"

刘蔼龄道："我正要去呢，我也接到她一封信，叫我去。那么后天见吧，后天我也去，什么时候？"

周兰道："后天两三点钟。我们不可一个时间到，你先去好了，对她不要提我们的事，也别说是我们定好了。"

刘蔼龄道："那么我们在那里见不见也没关系吧？"

周兰道："不，我要见你，我见你一面就安慰了。"

刘蔼龄道："好吧，后天见。"他们把电话挂上。

到了后天，刘蔼龄吃过午饭，刚要到柳燕那里去，忽然陶静来了，他只得应酬谈天。陶静有一双美丽的眼睛，小嘴唇儿，态度非常动人。刘蔼龄对于她十分敬重，相信她有一种高傲的性格，纯洁的女儿情，还有一颗玲珑剔透的心，做得极好的文章。她与刘蔼龄说话很不客气，所以刘蔼龄很怕她，视她为畏友。她平常总说刘蔼龄的生活不检点。刘蔼龄想到自己所走的步子，都是不能不那样的，他自己偶尔也觉得浪漫一些，可是自己又找不出自己的过失来。

他见陶静找他，他又高兴又害怕。陶静道："近来好吗？"

刘蔼龄道："马马虎虎。听说你们几位在周兰家里聚会了一次，非常好玩是吗？"

陶静道："你听谁说的？"

刘蔼龄知道说走了嘴，结结巴巴地道："是听黎滨说的。"

陶静道："黎滨？不对吧，一定是听周兰说的。周兰曾经提过你好几次，她是非常崇拜你的，也就只有她崇拜你，也就只有你使他崇拜。"

刘蔼龄十分窘迫地说道："本来我也没有说叫人怎么崇拜我。"

陶静道："哼，周兰那个人坏极了，我们都不赞成她，你一定是很爱她的。"

刘蔼龄越发窘迫道："你怎么知道呢？"

陶静道："当然，像周兰那样活泼多么可爱呢。"刘蔼龄没有了话。

陶静又道："你要知道，她是有丈夫的呀！"

刘蔼龄道："好啦好啦，不必多说了，我都明白。"

陶静笑道："我说话太直了些，请你原谅。"

刘蔼龄道："不，这样太好了，我是喜欢交这样的朋友的。"

陶静道："口里这样说，心里一定恨我，但我却不管了，爱恨不恨。"

刘蔼龄道:"没有恨的。"

陶静道:"今天我来敲你个电影,真光的《魂断蓝桥》,听说很好,请客不请客?不请我自己去看。"

刘蔼龄一想,和周兰已经约定在柳燕那里见,对她失约多么不合适呢?他略一迟疑,陶静道:"哦,我明白了,一定已经跟周兰定了约会。快去吧,我别打扰你们,我走了。"

刘蔼龄一看,就这样叫她走了也不好,忙拦住道:"别走别走,我们一起去看电影。不过时间还早,我倒是和一个朋友约好了到一个地方去玩儿,不过我可以推了他,没有关系,老同学的。你在这里等一会,我去一个钟头就来。"

陶静道:"我不在这里等你,一个人多闷得慌。"

刘蔼龄道:"要不然我们在电影院见,我连到朋友家去辞这个约会,再到电影院的路上,一共用上一个半钟头,恰恰合适。"

陶静道:"我不能在那里等你。"

刘蔼龄道:"最迟一个半钟头,能够提前,当然提前,在开演前半点钟我准到。"

陶静道:"好吧。"她走了。

刘蔼龄忙到柳燕那里去,柳燕并不知道他和周兰约好了的,见他来了,十分欢喜,说道:"今天来得正好。"

刘蔼龄道:"怎么?"

柳燕道:"周兰也来的,回头我们一块玩去呢。"

刘蔼龄道:"是吗,这可真巧。可是我回头还得到一个朋友家里。这几天真忙,老想看您来,始终没有工夫来,今天特抽出一点工夫来看看您。坐一会儿还要走,周兰小姐我不能等她了,请您见

25

了替我问好吧。"

柳燕道:"嗬,到底是新闻记者,说话都讲究有拍有节。黎滨走了后,您就始终也没有看我,即或不看我,难道也不打听打听黎滨的消息吗?"

刘蔼龄道:"您真厉害,说话一点也不饶人。因为我知道黎滨的消息了,所以没有和您打听。"

柳燕惊讶道:"您怎么知道的?"

刘蔼龄又慌了,忙说话道:"我得着黎滨的信了。"

柳燕生气道:"黎滨直接给您密信了吗,好,她到底是爱您的。"

刘蔼龄一见她的神气,想起来了,她原来不准黎滨直接写信的,这一来她非写信问黎滨不可。自己说谎,原以为这一句话没什么要紧,谁给谁写一封信,不是很平常的事吗?自己竟忘了她和黎滨的约法之章了。他又有点窘,忙道:"没关系,这有什么的,柳小姐到哪里玩去?"

柳燕气仍不息,道:"告诉我,黎滨是不是给您写信了?"

刘蔼龄道:"这真奇怪,她给我写信,这有什么可惊讶的呢?"

柳燕忙改容道:"不是,黎滨给您写信,不给我写信,所以我很生气。她为什么不给我写信呢?在那临走以来,我给她介绍一个好朋友,他们通信很勤的,立刻把我这个介绍人都忘了。"

刘蔼龄一听黎滨又有了好朋友,而且通信很勤,却连一封信都不给自己,心里很悲哀。可是又一想:这焉见得不是柳燕故意冷淡我们两个人的感情呢?她说这些话,故意叫我恨黎滨,然后她再对黎滨说一套话,务要达到离间的目的为止。想到这里,也不再言语。

柳燕道:"我忘了,我不该说这种话,刘先生是不愿意听的。"

刘蔼龄心里道:好厉害,还故意气我,我也气她。遂道:"不,我相信黎滨的，黎滨每天都有一封信给我。"

柳燕一听，果然有些生气，可是她还不肯相信，问道："她都说什么?"

刘蔼龄道："她说她到海滨去了。"这是黎滨走以前对他说的，他借来信的话说了。

柳燕真的不高兴了，自言自语道："哪有这样的呢?"

刘蔼龄暗笑道：聪明的小姐，谁叫你先气我呢。他忙说别的道："您看电影去吗?"

柳燕道："没有。"她仍然想着黎滨生气，她虽然超人的聪明，但是她性情特别强烈，生了气非要发泄不可，她真是一个娇养惯了的小姐。

刘蔼龄看着她那娇嗔的样子，非常美丽，虽然两个酒窝没有了，但是另有一种韵味。他觉得欣赏这种美而快意，到底有点残忍。所以立刻又安慰她道："这个星期日我请您看电影去，赏光不赏光?"

柳燕道："好吧，看什么片子?"她有点对黎滨取一种报复态度。

刘蔼龄道："星期日，真光狄耐思的《新龙遇仙记》，头一场，好不好?"

柳燕点了点头，说道："好吧，您在那里等我。"

刘蔼龄看时间差不离了，若是等周兰来了，脱不得身，岂不叫陶静等急了呢。遂道："星期日见，我走了，我还有事，见了周兰小姐，替我致意吧。"说着，匆匆离了柳燕，便一直到真光电影院来了。

他真可惜和柳燕谈得时间太短，而且又没有见着周兰，但陶静的约会又不能不赴。他一个人做了许多女人的玩物了。他到了电影院，陶静已经来了，并且给他买了票。刘蔼龄很过意不去，本来说是请陶静，结果倒叫她请了。除了抱歉之外，又说："散场后我请您吃晚餐吧。"

陶静道："到时候再说吧。"他们便看《魂断蓝桥》。

散场出来，刘蔼龄道："我请您吃晚餐。"陶静答应了。

他们进了西餐馆，一边吃着饭，一边说着话。陶静道："女人永远是男人的奴隶，连美国都是这种现象。"

刘蔼龄道："怎么见得呢?"

陶静道："你看《魂断蓝桥》，女人做了一点儿错事，而且是为了生活万不得已的缘故，但是她就这样不安，终而送了自己的性命。男人就不同了，男人出到外边，不知嫖了多少女人，回来仍然是那样坦然，这是多么不平呢?"

刘蔼龄道："这是感情问题。假如男人一样受良心谴责，他也是要愧对他的爱人。"

陶静道："这只是这么说，实际上看，没有这样的。社会对于男人嫖妓的没有什么舆论，唯有女人略为浪漫一些，问题就多起来。"

刘蔼龄道："这也是生理上的问题，男女生理不同，这也莫可奈何。"

陶静冷笑道："说着说着就拿生理问题来做盾牌。"刘蔼龄笑了笑，也不再言语。

陶静道："最近见着白薇了吗?"

刘蔼龄道："有许多日子没有见了，人家早把我忘记了。"

陶静道："朋友谈什么忘记不忘记。"

刘蔼龄道："朋友? 不，我们已经超过友谊了。"

陶静道："看样子，像有了爱情。"

刘蔼龄道："不仅有了爱情。"

陶静惊讶道："难道你们还……"

刘蔼龄道："是的，我们曾有过爱情的最高部分，我到达了爱情顶点，我们有了灵肉一致的纯爱情。"

陶静道："哎呀，我真是想不到的呀，你们怎样到了那种地步，后来怎么又变成这样呢？"

刘蔼龄道："我不说了。"

陶静道："为什么不说了呢？"

刘蔼龄道："我想您要责备我。"

陶静生气道："你怎么知道我要责备你？"

刘蔼龄道："因为您对于爱情的见解还不大清楚。"

陶静生气道："真是岂有此理，怎见得我的见解不清楚？"

刘蔼龄笑道："您别生气，我说就是了。我不知道您听了是同情我呢，还是责备我，我现在很坦白对您说了，是非由您去断吧。"

陶静道："如果真实的，坦白地说了出来，至少能够减轻良心谴责的痛苦。"刘蔼龄笑了。

要知道刘蔼龄怎样说出他和白薇的罗曼史，请看下回。

# 第二回　爱情的俘虏

这一回是一个倒插笔，如果不按倒插笔看，而当作刘蔼龄对陶静所说的话，也无不可。不过我把刘蔼龄的话，用第一人称时，作者都改为第三人称了。

提到刘蔼龄和白薇的故事，要倒回十来年说。那时白薇才十几岁，因为她是个早熟的姑娘，而且又富有浓厚感情，所以也窥知一点爱情的神秘。爱苗已经露出爱芽来，可是脆弱得不得了。假如要经历风雨摧折，那实在是危险的。幸而她是一个旧宗教家庭的女儿，诗书读得很多，她能够自己约束自己。不过爱苗是已长成，虽然不特别灌溉，可是年龄的滋润，学识的培植，却使它根深蒂固。她那时在初中读书，她喜欢看报，她喜欢写诗和诗味的散文，玲珑秀丽，不时地把自己心里的情感在诗里暗中发泄出来。

她最喜欢看刘蔼龄的作品，她以为刘蔼龄的作品是有灵性的东西，说人家所不敢说的话。过了两年，她自己想写写稿子，那时刘蔼龄正编著一家报纸的报屁股。白薇打听到刘蔼龄是个大学生，他还是自己的老师，因为自己在那附属的小学读书。刘蔼龄在那里兼着功课的时候，她刚刚毕业，所以刘蔼龄虽然没有直接教过她，可是也算是她的老师了。她因为爱刘蔼龄的文字，所以便学着他的笔调写了两篇短文，寄到报馆去。刘蔼龄一看，文章写得很好，很合自己的口味，便立刻给发表了。白薇一看自己的作品发表了，不胜欢喜，便又写了两篇。刘蔼龄见她的作品很好，很想认识认识她，但始终没有机会。

这天，刘蔼龄接到上海一封信，聘请他到上海中学做教员，刘蔼龄因为想到上海去一趟，所以准备前去。不过白薇始终没有见着，不免遗憾，于是他写了一封信，约她在行前见一面。谁知这封信去了，并无消息。他也就把这事丢在一旁，收拾别的事情去了。报馆方面的职务也交代了一个朋友。

这天上午，刘蔼龄起程到车站，时间还早，和几个送行的朋友谈着天。这时有卖报的过来，他买了一张报，揣在兜里，预备在车上看。一会儿车开了，他和朋友们分别了。一会儿走出了站，一会儿车离开北京了，过了丰台，是一片沃野。他待得无聊，便拿出报纸仔细地看，一版一版地，一条一条地，看完了好几版，就剩下报屁股还没看。他以为这时间很不短了，但是他探头一看车外，刚到廊坊，早得很。离天津还远，何况济南，何况徐州，何况浦口，何况上海呢。

一个人上路，实在是寂寞。假如有个志向适合的文友，在这长远的旅途上，一边谈着一边玩着，真是最快乐的事。他于是又想起了白薇。他不知白薇是什么样，看她的文章，是一个很有感情而且很温柔的女性，她一定很聪明，很有诗意。想着，他又拿起报来看，看到报后文艺上，有一篇是白薇的，他不禁留心看起来。那题目是"回复一个人的信"，他的心里有点跳，那头一句是"师资的朋友"，他想道：她是回我的信吗？她为什么这样尊敬我？想着，他又往下看，文里说着她是一个旧家庭的女人，不能和异性接近，很感谢他的盛意，但是她辜负了，因为她是个弱者呀！

文章写得很婉转动人，刘蔼龄看完了觉得这完全是回答自己的，幸而临登车时买了一张报，不然这篇是看不见了。他这时又欢喜又烦恼，欢喜是得到她的回应，烦恼是自己离开了北京，和她越发没有见面的机会了。他把这篇信来回来去地看完了想，想完了看，不知不觉就过了天津。他心里说道：看了好几版的文字，都觉得用了很长的时间，看了这一篇竟不知不觉地过了天津。他也笑了。他拿着这张报，始终没敢扔，一直带到上海去了。

到了上海，马上赴任。过了几天，一切全都安定，可是白薇的名字始终在脑子里不去。他在旅途上，他在室居中，非常寂寞，只有想白薇做一种安慰。白薇的名字给他解除了不少烦恼，去了不少寂寞。这真是单相思，白薇连知道也不知道。情若是到纯的境界，就叫作痴了。他想给白薇写封信，但又怕碰钉子，人家已经说明不能交朋友，再给人家写信，不是太无趣了吗？况且去了信，反而给她惹出许多麻烦来。只有把爱埋在心底吧。

过了许多日子，大概总有几个月的光景，刘蔼龄打开由北京寄来的报纸，一张一张地看，无聊的时候，报纸便是最大的恩物。他喜欢文艺的，文艺版更看得详细。忽然他又看见白薇的一篇文章，题目是"寄向缥缈中"。这个题目就很刺激刘蔼龄。他一看文，是一篇诗似的散文，里面的情愫自然也可以看出几分是对自己而发。最后有这么两句：今生未种相思草，来世应为姊妹花。纪念着这诗似的梦吧！刘蔼龄一看，这末一句正是用着他的句子，这无疑是给他的了。他欢喜得跳了起来，虽然今生未种相思草，但是白薇能写出这篇来，总算没有看轻自己。刘蔼龄便贸然写了一封信去，发了之后，今天盼明天，明天盼后天地等着回信。

过了些天，果然接得来信，并没有上下款，但一看就是白薇的笔迹。里面回答的话并不多，只几行字，而这几行由刘蔼龄看来，简直就有说不尽的情意。可是从此以后，便没有信来了，就是稿子也不见了。他很奇怪，难道说她真的是被家里管束了吗？

这样地过了三四年，也没有消息，可是白薇的影子却在刘蔼龄的脑子里始终去不了。他听了北京的朋友说，白薇已经出嫁了。这怨不得呢，他完全死了心，不再想念她了。

又过了一年多，刘蔼龄因为想念北京，他又辞去了上海教书的生活，回到北京，仍旧做他新闻记者事业。

这一天，他忽然接到一个稿子，一看笔迹，非常眼熟，看署名是侯莺二字，并不认识，后面也没有通信处，想了想，想不出，也就算了。一天要接到多少稿子，能把稿子一一记下来吗？笔迹相似的多得很，尤其是钢笔字，字体都差不多，他看这篇稿子写得不错，便给发了。过了两天，又接到一篇署名侯莺的稿子，他仍是看着笔迹很熟，仿佛在哪儿见过。他又一看稿子的内容，笔调也很熟。他一时想不起来，便在报上写了两行通讯说：侯莺先生，大作甚佳，请将尊姓名及通信处示下为感。

过了两天来了回信道：侯莺姓侯，住板竹胡同十二号。刘蔼龄一看，仍是不得要领，侯莺并不相识，以前也没有通过信，初还以为是熟人代名，现在知道并不是。可是越看笔迹越认识似的，尤其看这封信。他猛地想起白薇来，他立刻找到白薇从前给自己的信——在两年前的信，他还保存着——拿出来一对照，这侯莺的笔迹和白薇的笔迹完全一样。他纳闷了，假如侯莺是白薇的代名，她不会改姓呀。侯莺也许是白薇的朋友，侯莺做的稿，白薇给她写，为是叫自己看出是她的笔迹来，也未可知。也许侯莺是她的丈夫？

那么给她去信不去呢？

他为难许久，终给侯莺写了一封信去。信是这样写的：侯莺先生，大作甚佳，佩服佩服。看您的笔迹颇像一个叫白薇的朋友的笔迹，许久没有得到她的消息了，您认识这个人吗？如果认识的话，希望您把她的近况告诉我，无任感谢！这样冒昧的请求，您不以为麻烦吗？写完了便寄去了。过了两天，来了回信，他打开一看，这才知道白薇是侯莺的同学，并且白薇已经出嫁了。刘蔼龄想她这样温柔多情，她的丈夫一定得到很大安慰，而且非常爱她也未可知了。不过她的丈夫是谁呢，刘蔼龄并不知道。

刘蔼龄见白薇已经有主，也就暗暗打消了自己的念头。不过觉得白薇仍然是可爱的，一个女人可爱总是可爱，不是因为她一有了丈夫就不可爱了。刘蔼龄以为数载相思，连个面都没有见过，实在冤枉。看白薇用自己的笔迹，以同学的名义投稿，为使她的笔迹送在刘蔼龄的眼帘，也不是完全断绝感情，其中总还有一点余情在。因为这一点余情，所以叫刘蔼龄永远不会完全忘了她。时常的心里起了一种骚动，仿佛暗中老有一个东西在牵着自己。

如此又过了一年，这一年报馆方面发生了变化，停版了。刘蔼龄受了轻微的刺激，他暂时放下新闻事业，自费出国去旅行。坐在甲板上，他又想起那年到上海，一路上是报上的一篇文字安慰了旅情，减去许多寂寞，今天却不比往昔了，他觉得更寂寞起来。坐在甲板的椅子上，望着大海，茫茫前途，一个偌大轮船，显得这样渺小。而人呢，立在地球上，更是何其渺小微细呢！什么叫名？什么叫利？只要有了知己的情人，每天处在一起，就足以自慰，一切都可以抛去不问。太阳将要落下去了，照得海面映起一条金黄的锁链，由天边系到船尾。他自言自语地道："链呐链呐，你不要系着这船。

我不会远去的呀，即或身子漂到天涯海角，但我的心却永远在北京，萦绕在一个人的身旁。"

他正一个人发怔，忽然一个人走到他的身旁，拍了一下，吓了他一跳。抬头一看，却是一个老同学金文齐。他欢喜非常，立刻握手叫他坐下。他们谈了一些过去的事情，非常快乐。

金文齐道："你一个人在这里发怔，你想什么呢？"

刘蔼龄道："我，我想一个女人。"

金文齐笑了起来，道："你真是改不了老脾气，老是想女人，你终究非吃了女人的亏不可。"

刘蔼龄道："这个女人太叫我想她了。"

金文齐道："她漂亮吗？"

刘蔼龄道："我不知道。"

金文齐道："怎么不知道？"

刘蔼龄道："我没见过。"

金文齐哈哈大笑道："老刘，你越来越空虚了，没有见过的女人，你也这么想，多么冤呢。有的见过一面，不知道姓名，但总还见到一面。一面没见过，不是等于隔山买老牛吗，想她干什么？"

刘蔼龄道："因为我爱她的作品。"

金文齐道："哦，那么她叫什么？"

刘蔼龄道："她叫白薇。"

金文齐惊讶道："白薇？"

刘蔼龄道："你认识吗？"

金文齐道："怎么不认识？你也认识呀。"

刘蔼龄惊讶道："我曾认识？不，我绝不认识。"

金文齐道："你也许不认识，因为你没有直接教过她，她就是附小的学生呀。"

刘蔼龄道："是吧，怪不得她称你我是师资的朋友，可是我一点都没有她的印象。大概也是我教的日子太少，不知她认识我吗？"

金文齐道："她也许认识，她入校的日子也很短。"

刘蔼龄道："不管怎么样，我总是她的先生了，我，唉，真惭愧。"

金文齐道："那倒没有关系，即或是直接师生，一样可以恋爱，可惜现在不成了。"

刘蔼龄道："怎么呢？"

金文齐道："她已经出了嫁。"

刘蔼龄道："唉，真可惜，看她那天才，是很有希望的。一出嫁，便算完了。"

金文齐道："不，她现在还念书，在北大二年级。"

刘蔼龄道："那么他们夫妇一定很和美。"

金文齐道："哼，和美什么，也是常吵。"

刘蔼龄道："那是为什么呢？奇怪。"

金文奇道："男人多是自私的，男人多是好疑的。"

刘蔼龄道："天下的女人太可怜了。"

金文齐道："还是你这些套词。你出国做什么？"

刘蔼龄道："没事，想游历游历。"

金文齐道："也好，老拿着笔杆写，我看也不是生意经。"

刘蔼龄道："没法子。"

他们又谈了谈出路，又谈了谈同学时的趣事，一阵喜一阵愁。一直到深夜，他们才进屋睡觉。从此，对白薇的印象又加深了好多。

这样又过了一年，刘蔼龄回到北京，仍旧干他的新闻事业。这时时局转变了，刘蔼龄又被派出国，他与同事一起走，这次倒不寂寞了。他们住在一个旅馆时，那旅馆的房间全是以植物的名字来标，非常幽雅，如红叶、绿荷、黄花、紫菊等。刘蔼龄住的房间正好是白薇两个字，他一看见这两个字，当时心里一跳，这也是一种缘吗？他拿着那白薇两个字的卡片发怔，终而把它放在一本书里，又锁在箱子里了。等他回来的时候，他把那张卡片一直带到北京来了。

回到国来，刘蔼龄仍然做他编辑的职务。这天他忽然接到一封信，是侯莺来的。上面写着："您出国，我们没有给您饯行，您回国，我们还当给您接风。星期日正午十二时，我们在市场饭馆等您，我还要请一位虽然没见过面但并不生疏的陪客，您定想得知她是谁吧！"刘蔼龄一看，不觉大喜若狂，真没想到几载相思的人，也会能够相见，简直说不出是什么滋味来。

到了星期日，他便到约会地点。进了饭馆，一问侯小姐，伙计把他让到楼上，他恨不能一步迈上了楼，见着白薇才好。到了楼上，伙计一打帘子，刘蔼龄走了进去，只见屋里有两个女人，一个是比较高一点的，皮肤非常白皙，两只眼睛大而柔媚，一个是戴着眼镜，身量稍矮些，很有作家的风度，他不知哪个是白薇。就听戴眼镜的说道："您是刘先生吗？您真不失约。这位就是您神交已久的白薇小姐。"刘蔼龄这才知道那高些的是白薇。

两个人一见，都觉无话可说，说客气话太透着虚伪，因为两个人的心心相印，似已超过友谊，可是马上说得挺亲热，又透着太不客气，因为他们始终没见过呀。他们对怔了半天，还是侯莺解了围，说道："请坐下"，他们全都坐下。

伙计递了手巾，刘蔼龄擦了擦脸，侯莺道："我们先要菜，一边吃着一边谈。"

于是他们要了菜，写了单子，递了伙计，伙计出去。刘蔼龄想到以往的情形，今天对面，实在有点难为情，可是看白薇的态度却还平静，他不知道她的心里也正在起伏着呢。刘蔼龄看了看她，她也在看刘蔼龄，两个人全微笑了，侯莺也微微一笑。

他们略谈了一些文学的问题，伙计把菜端上来，他们吃着菜，一边吃一边谈。吃完了，由侯莺付了钱，三个人走出来。侯莺道："时间还早，我们到哪儿玩一会儿？"

刘蔼龄道："公园去坐一坐？"

白薇道："不，我不上公园，我以为景山好些。"

刘蔼龄道："好极了，秋高天气，登登高也是好的。"他们于是上了景山。

景山的菊花正开，他们看了看菊花，便往后边去绕。秋风多厉害，草木都枯黄了，这时想到方才并不怎么起眼的菊花，觉得它们实在可爱了，这种脆弱的花，能在这寒冷气候里生存着，是多么不容易呢。

白薇叹了一口气，刘蔼龄道："您为什么叹气呀？"

白薇道："我愿意化作花里的菊花，我要在这恶劣势力的社会里挣扎，我要改造环境，可是菊花到底是花，任它怎样骄傲挣扎，也是被人家摆着赏玩的。女性永远是梦想了！"

刘蔼龄道："您真是多愁善感的人。改造社会一般有志的男人都莫可奈何，不用说女人了。"

侯莺道："我觉得女人就做女人好了，只要不违背生理的事，就可以做。上帝给我们女人的身体，就是叫我们做女人的事，我就不妄想拿女性为社会中心，以女性来统治社会，因为女人到底是弱者，光有雄心百万，那是没有用的，一句流言，就把女人吓得不得了，还谈到什么呢！"

刘蔼龄笑道："侯小姐真是快人快语，不过侯小姐是一种超然主义，甘于急进的人是不合适的。"

侯莺道："我不是不好急进，皆因急进也无利于事实。"

刘蔼龄道："这也是实情，有时你即或站在别人前面，给一般黑暗的人来领路，他们也会说你是教他们坏，你是违反社会，这实在没有办法。"

他们说着，上了山路，一层一层的石阶，一步一步地登着，向上呀。到了山上，再看下面，是满处秋林，秋风吹着北海的水，起了鳞状的水纹，从岸边卷起许多黄叶，落在海面，随着漂漂悠悠地散开了。一片屋宇，埋在秋树里，显得非常寂寞。而其实人们在那市街呢，真是叫嚣熙攘，热闹非常。所以人们处在社会里，就像站在高处往下看，才能不为社会市俗所化。可是人们一入了市中，也就不再这样想了。

他们一直出了最高峰，一看四围蒙蒙，那远山更像云雾一般，隐约在远树的上面。故宫一片玻璃瓦，就像璨霞一般，层层叠叠的，而荒冷的气象，令人有"国破山河在，城春草木深"之感。白薇又伤感起来，她觉得万事万物，就没有常在的可能。这宫里住过多少君王，进过多少美人名妃，走过多少名臣伟人，而今呢，全都被埋在土里。不但是人，就是故宫，现在不是也成了博物院，成了陈列所了吗？它的尊严也一点都没有了。这样一想，人生又有何意味呢？她又想到崇祯皇帝殉国的情景，一个皇帝犹有此时，何况一个平凡的人物呢！

她道："今天我登在这个山上，转瞬就成为过去，将来陆续登这个山的不知有多少人，即或我们都成了英雄，成了伟大的人物，而

39

将来的人们谈来，也不过说某某人曾到这山游过而已。"

刘蔼龄笑道："白小姐是太富于感情的人，所以有时候思想很矛盾，有时候思想很激烈，有时候思想又非常灰心。"

侯莺道："这也是她所受的刺激过于深的缘故。"

刘蔼龄道："白小姐受过什么刺激呢？"

侯莺道："也不是什么刺激，就是环境总不如意吧。"

刘蔼龄道："不如意的事太多了，人人都有的。我觉得白小姐的生活，一定很有诗意，很幸福的。"

白薇一听，仿佛刺动了心事，她的颜色变了，说道："不要说这些话吧！"

刘蔼龄道："哎呀，实在太对不住，我真不应该说这些使您扫兴的话！"

白薇道："您太客气了。"

刘蔼龄道："我们下山在茶座儿坐一会好不？"她们答应着，遂走下山来。

在茶座里坐着，坐了一会儿，谈了一些关于文学的话，不知不觉就夕阳西下了。

侯莺道："秋天的天短得这样，这么一会儿就不见阳光了。"

刘蔼龄还舍不得走，数年相思的人儿，今天能够对面，怎么能够舍得呢。但是时光已经不早了，不能不走，遂付了茶钱走出来。出了大门，侯莺在东城，她一个人往东边去了，这里就剩下刘蔼龄和白薇两个人了。

白薇这时感到不自然，两个人究竟是初见，而心里又早相默许，真说不出是什么关系。他们默默地走着，刘蔼龄道："我们下次哪一天见？"

白薇道："明年暑假吧。"

刘蔼龄惊讶道："什么，明年暑假？难道今年就不能再见吗？"

白薇摇摇头道："你不知道，将来你就会晓得了。"

刘蔼龄道："我不明白，你这是什么意思，难道是你讨厌我吗？"

白薇道："不，你是我唯一谈得来的人。"

刘蔼龄道："那么为什么不愿意见我？"

白薇道："不是不愿意见你，我自有我的情形。"

刘蔼龄道："你若是不能见我，那么连这回也不能见的，为什么见了这回倒不能见了呢？讨厌我，也没有关系，我并不强迫人家做讨厌我的事。"

白薇道："不，我本来是不愿意见你，但是我想到你几年来对我……我不由得有一种感激的心情，我想和你见一面，为的是报答你几年来的知遇之恩。"

刘蔼龄道："我们之间，根本谈不到什么恩，我们只有爱。但是爱也不是报答的，你这理想错了。爱就爱，不爱就不爱，谈不到报答。以报答作爱情条件，那就错了。"

白薇道："可是你要知道，这个报答的心，就是一种爱呀。因为我配不上爱，我没有顶大的魄力爱，我禁不住更多的爱，所以我只有报答而已。"

刘蔼龄道："即或是报答，难道见一面就报答过来了吗？"

白薇道："我知道我不能报答万一，可是我只能到这种程度。我不能再深一层，也不能再进一步。请你原谅我，我还是旧礼教的女儿，我没有说过吗，我是弱者呀！"

刘蔼龄一听，又难过了，旧礼教就是这样残酷，摧残青年的性灵，爱却不能爱，痛苦呀！上帝既造人类，既赋予人们感情，又何

41

必造这些礼教的圣人呢？他默默不语。

白薇见他这种神气，知道他很难过，不由得有点儿可怜，她道："好吧，你说我们哪一天见？"

刘蔼龄一听，立刻欢喜了，他以为白薇又爱了自己。可是他不知道白薇的这点爱只是一种怜悯的赐予，仍是一种条件的敷衍，这是她富于感情的弱点，这并不是她真正的爱情。刘蔼龄道："那么我们下星期日在侯莺那里见吧？"白薇答应了。

白薇回到家里，心里说不出来一种酸和甜蜜，心绪很乱，过了几天，才渐渐平静。可是离着星期日又近了，心又跳动起来。她想到和刘蔼龄不知到什么样的结局，她有点儿怕两个人都是感性人物，那将来是伏着绝大的悲剧。她是个旧礼教的女儿，结果势必牺牲了刘蔼龄。这时如果拒绝了刘蔼龄，也还省得将来的痛苦。但是她又没有力量来拒绝刘蔼龄的见面，刘蔼龄似乎有一种魔力，使得她不由不想着他。

到了星期日，他们都到侯莺那学校去了。学校里因为是星期日，非常清静。他们三个人在屋里谈着天，非常快乐。他们谈到文学，谈到书籍。白薇对侯莺道："上次我跟你借的两本书，你给我找出来了吗？"

侯莺道："哦，我忘了，我现在就给你找去。现在图书馆还没整理清楚，不知道好找不好找，如果时间长的时候，实在对不住你们二位。"

刘蔼龄道："没有关系，您慢慢去找吧。"

侯莺道："那么我失陪了。"

她说完便走了出去，这屋里就剩下刘蔼龄和白薇两个人。刘蔼龄道："你的功课忙吗？"

白薇道："我的功课并不很忙。"

刘蔼龄道："那你为什么总没有写作呢?"

白薇道："我哪里有工夫呢?"

刘蔼龄道："你不是功课不忙?"

白薇道："可是家里的事太多了。"

刘蔼龄道："家里的事还用你管?"

白薇道："虽然不用我管,可是我的事也不少,说不上来的琐碎繁杂,在家里一点看书的时间都没有。"

刘蔼龄道："许多女作家都是因为一出嫁,便没了作品,原因就是因为家务太多。可是这也难说,家里可不由女人来管,又由谁来管呢?没办法,为了和丈夫的爱情,也不能袖手旁观。"

白薇道："爱情,我早已没有了。"

刘蔼龄道："那么你们的婚姻……"

白薇道："完全不是我自主。"

刘蔼龄道："那你不会反对?"

白薇道："我那时并没有想到他这样。"

刘蔼龄道："婚前你们就认识了吗?"

白薇点头道："是的。"

刘蔼龄道："那么是在我们通信以前吗?"

白薇道："是的。"

刘蔼龄一听,不由难过起来,说道："这也是命吧,等了好几年,原来还是晚了一步。"

白薇一听,真是无法安慰他。她只觉得难过,停了一会儿说道:"我不是说过吗?"

刘蔼龄道："说过什么?"

白薇道："今生未种……"

刘蔼龄道："今生未种相思草，来世应为姊妹花。哼，来世，我们还有来世吗？今生愿恨而终，还顾及来世吗？这种精神安慰法，我是不赞成的，不管有没有来世，而现在到底吃了苦痛了。"

白薇一听，实有点心软，她是一个感性的女人，她禁不住刘蔼龄的哀求，她不知应怎样好了。

刘蔼龄伏在桌上，光是唉声叹气。白薇走了过来道："我们这样静静地谈着话，不是也很安慰吗？"

刘蔼龄道："数年的相思，就为多谈话吗？"

白薇道："那么为了什么呢？"

刘蔼龄道："你说为了什么？"说着，便去拉她的手。

白薇忙往回缩道："我们好好谈话，别闹。"

刘蔼龄道："我没有闹呀，我同你说老实话。"

白薇道："你说吧。"

刘蔼龄道："你想你应当怎样偿我这几年的相思之苦？"

白薇道："我不能偿还今生的债了，我只有来生报答你。你不要说了，我难过。"

刘蔼龄道："有一个主意，可以使你不难过。"

白薇道："什么主意？"

刘蔼龄道："就是使我不难过。"

白薇低下头去，她为难极了，她并不是一个没有感情的人，可是她又不是一个浪漫的人，她不知怎么做才能面面都好，她想安慰一个爱自己的人，她又想自己不做礼教的叛徒。手被刘蔼龄握着，已经使全身都感到震颤，她没有一点儿力量来整理自己的脑府。脑府已经成了大混乱状态。于是感情首先不听指挥，它要逃出重围。

而理智的铁环仍渐渐压迫。这种内心的斗争，在这最剧烈的时候，刘蔼龄却把她一拉，她内心感受着混乱的不宁，外体又受着强烈的刺激，她像是晕厥的样子，倒在刘蔼龄的怀里了。她闭着眼睛，急促地呼吸，只觉得一个热的嘴唇压在自己的嘴唇上。是快乐呢，是痛苦呢，她说不出来。

这时外边的脚步声来了，他们连忙离开。侯莺走了进来，说道："真对不住，找了半天，只找了一本，还有一本没有找到，过两天慢慢给你找吧！"

白薇道："谢谢你。"

他们又谈了会儿，刘蔼龄要走，因为他该忙他的事去了。他看了白薇一眼道："我们走吧。"他想和白薇一块儿出来，在街上散散步，顺便谈谈天。

白薇一来因为当着侯莺一块儿同刘蔼龄走，叫侯莺看着太不合适，二来走在街上，遇见熟人，更容易引起误会来。她道："你先走吧，我还待一会儿。"

刘蔼龄没有言语，心里说：真狠心！他一个人穿了大衣，走了出来。侯莺把他送到门口，白薇连送都不送，刘蔼龄怅然而去。可是想到今天能够吻了她，亦足以自慰了。

刘蔼龄走了之后，白薇又觉得寂寞了，她和侯莺又谈起刘蔼龄来。白薇道："你看刘蔼龄这个人怎么样？"

侯莺道："听他的名字，好像挺坏的一个人，其实见了面，却是很好的一个人。"

白薇道："本来我只愿见他一次，就不再见他了。谁知见了他一次之后，竟没有力量拒绝再见他。你说这不是很奇怪吗？"

侯莺道："人都是有感情的，何况一见就投缘呢。"

白薇道："投缘是另一个问题，我现在对他并不是投缘不投缘，或者他整个儿把握着我的心。可是我对于他完全是崇拜的心理，这心理并不是爱情。我觉得我认识了他，我就高兴，就是我的光荣。假如他更关切我，或者说爱我，我特别感激涕零。但是你知道，我不能爱他，我的身体已经属于别人了。我只有感谢他，恭敬他而已。"

　　侯莺道："但是你这至高的崇拜，实在抵不过几年的相思。"

　　白薇道："但是我有什么办法呢？"

　　侯莺道："以前你就不该和他通信。"

　　白薇道："我那时候有几种心理，第一是因为他总算是文坛上摇旗呐喊的人，我想打入文坛，不得不借重于他；第二是因为我崇拜他，觉得他能够给我寄信，已经很不容易，如果我连回也不回，岂不有悖人情？第三是我想和他研究研究作品的事，谁知他却对我有了爱情呢？"

　　侯莺道："文字的力量，真是太大了，你的文章和诗都写得那么动人，怨不得他这样钟情于你。不过，我说句直话，你还得对他谨慎些才好，太富于情感的人，是容易流动的。"

　　白薇道："自然不管他是不是流动的，我总是不太接近他好些，不然总会引起许多痛苦。"她们两个人谈了一会儿，白薇回家了。

　　她回到家里，想到刘蔼龄方才那样大胆热烈地吻着自己，不由又是快活又是羞赧。她的心里这时已经被刘蔼龄整个占据了，不想他已不成了。她每天由家到学校，由学校回家，总是走那刘蔼龄的报馆门前，她每一走到门前，就不由得心跳，想着刘蔼龄或者在办公，或者在写稿子，他是怎样地忙碌呀？他是不是也在想着我呢？她走过的这个时候，总是一边望着那个楼，一边这样想。她希望能够从窗子看到刘蔼龄的影子，或是刘蔼龄刚恰好从报馆出来，和她遇见，但竟没有一回能够实现自己的希望。她又不愿意去找刘蔼龄，第一她不愿意失去自尊心；第二她愿意这样默默地念着他，不叫他知道。她怕惹起他的痴情来，自己就不好办了。唉，情这个字，把它分析开了，苦恼是占多一半的，无端地引起这许多麻烦。若是没有情字，何致把自己弄得这样神魂不安呢？

回到家里，在灯下写小品，不由得就把刘蔼龄做了对象。她这样地想念着，于是便把刘蔼龄带到梦中去了。她梦见刘蔼龄竟大胆地贪恋地强烈地抱住了她，一种热的力量使得她不住得心跳颤抖。她醒了，原来是她丈夫抱住了她。她立刻又把眼睛闭上，她不愿意看见她的丈夫，她愿意追寻着梦境，她把她的丈夫当作了梦中人，她极力追索那梦境的情景。是真的，绝对是真的，他没有离开自己，是他呀，真是他呀！一种热的、烧的血液奔环了全身，两个体骨发红了，嘴唇在颤跃，她紧紧地抱住了她的丈夫。她半昏迷地连动也不动，等她丈夫离开她的时候，她怅然伏在枕上，说不出的一种空虚。

第二天早晨起来，到学校去上课。午间回到家里吃饭，下午的功课，先生请假，她因为仍要在刘蔼龄的门前走一走，所以她仍到学校来。她迟迟地在街上走着，猛然见刘蔼龄从对面走来，不由又惊又喜。

刘蔼龄见了她，便迎上前来道："你是找我去吗？"

白薇道："不，我到学校去。"

刘蔼龄道："哦，你天天从这里过吗？"

白薇道："差不多。"

刘蔼龄道："那么你为什么不找我去呢？"

白薇道："没有工夫，到那里就上课了。"

刘蔼龄道："那么你现在去到学校就上课了吧?"

白薇道："嗯。"她说完有点后悔，本来学校没课，借着这时间正好同他谈谈，已经说了到校上课就不好再说回来。

刘蔼龄停了一停，仿佛有许多话，而在这短的时间说不尽，不知先说哪句好了。他怔了会儿，说道："能不能找个地方谈一会儿呢?"

白薇一听，有了机会，可是又不能马上允许。她道："谈多大时间呢?"

刘蔼龄道："那如何能说一定，也许越说越多。"

白薇道："若是谈一会儿可以的，因为我头一堂去晚一会儿没有关系，第二堂才点名呢。"

刘蔼龄笑道："许多人都是为点名而上课，白小姐也不能例外，呵呵，我们到咖啡馆去吧?"

他们便走到欧西咖啡馆，要了饮料，一边喝着一边谈着。白薇道："你这时没事吗?"

刘蔼龄道："没有事，我想到中央电影院看《西线电击战》，这时又早一些，听说人很拥挤，票不大好买。"

白薇道："我对于这种片子，便不敢看。"

刘蔼龄道："为什么呢?"

白薇道："我有心脏病，看见这打仗的片子心里就跳。"

刘蔼龄笑道："你真成了金枝玉叶。你的身体发育很好，希望你好好保养，为什么要弄得多愁善感，把身体都弄坏了呢?"

白薇道："其实我也不是整天那样，有时候一寂静下来，心里就不由乱想起来。"

刘蔼龄道:"是想别人呢,还是想我呢?"

白薇笑道:"我谁也不想,我就想我的事。"

刘蔼龄道:"你还有什么事可想?"

白薇道:"呵,事情多了,我告诉你吧,昨夜我做了一个梦。"

刘蔼龄道:"梦见什么?"

白薇道:"梦见,梦见我掉在海里了。"

刘蔼龄道:"我昨天也做了一个梦。"

白薇道:"你梦见什么了?"

刘蔼龄道:"我梦见你掉在海里,我把你救上来了,你在梦中没有看见我吗?"

白薇笑道:"我跟你说吧,我做的这个梦好极了,真美。"

刘蔼龄道:"梦见你的情人,是不是?"

白薇脸一红道:"梦见他跟我说了许多的话。"

刘蔼龄道:"说了什么话?"

白薇道:"我都忘了。"

刘蔼龄道:"你的情人姓什么?"

白薇道:"姓刘。"

刘蔼龄道:"跟我同姓,叫什么?"

白薇道:"叫蔼龄。"

刘蔼龄道:"你这是撒谎了,真的告诉我,你的情人是谁?"

白薇道:"我没有情人。"

刘蔼龄道:"我不是你的情人吗?"

白薇道:"不是。"

刘蔼龄一听,立刻不乐意了,他道:"哦,那么你何必还同我在一块谈天?"

白薇道："那么我马上就走。"说着她便站了起来。

她以为刘蔼龄一定要拦住她，谁知刘蔼龄这时气大了，又非常难过。他想，对她这样钟情，给了她这热的血心，结果却换来她这样的冷酷，这简直是自己的耻辱。他于是连看也不看她。她站了一会儿，怪木得慌。不走吧，人家并不理自己，显得自己太卑下，走吧，又没有台阶，当真为了这话而决裂也太不值得。

她站了一会儿，也不言语。刘蔼龄道："别敷衍我，走你的吧，我不需要人家敷衍我，再见，后会有期。"

白薇一听他这样坚决，也动了气，觉得他这样残酷，对于自己竟没有一点儿温存，没有一点儿体贴。她一声不语，径自走了。

刘蔼龄见她居然一声不响地走了，心想：真狠心，她根本就不爱自己，自己何必这样追求，自找苦吃？也怨不得别人。他又恨又悔又悲哀，坐在单间里发怔。

白薇走出来之后，也后悔了，悔不该方才拿话冤他，自己无处可去，慢慢在街上踱着。虽然他太坚强了一点儿，可是男性都该如此的。男性没有这点儿坚强，还可爱吗？况且他对于自己的数年相思，即或对自己厉害一点儿，也应当忍受。为什么这样走来，叫他伤心呢？她也越想越难过，回头望望楼上，不知他做什么呢，也许他正在狂似的喝起啤酒来吧。唉，很甜蜜的一个机会，就这样失去了。

她正想着，忽听后边有人叫道："姑娘，你的书包掉了。"她一看自己臂上的书包，可不是落下去了吗？急忙给人道劳驾，把书包拾了起来。她在街上徘徊了很久，终于又到学校。

学校因为没有课，便到图书馆去看书。但是她哪里看得下去呢？这时正有几位小姐在谈天，她们计划着哪天去玩，这么好的天气，葬送在图书馆里，实在有点冤枉。她们见了白薇，便迎道："叫她也参加。"白薇一看，她们都是活泼的小姐，唯有自己是结婚的人，总觉得小姐是天之骄子，一结了婚，马上便落伍似的。她有点羡慕她们，同时又有点悲哀。她们是这样自由无顾忌，是多么快活呀，自己也曾有过活泼的心，天真的性格，但是始终没有自由发挥着，好像自己的性灵已经被摧残得没了，完全变成暮气苍老的样，而其实自己正年轻呀！她又想到，自己方才不是也在玩吗，为什么自己不骄傲一下，反而悲感呢？

她道："你们上哪里去玩呢？"

有位小姐道："咱们到欧西咖啡馆去吧。"

白薇一听，不知怎么会触动悲弦，她竟伏在桌上哭起来。

大家一看，莫名其妙，全过来问她，她道："你们去吧，我这时心里不好过。"

大家道："不好过，玩一玩就好了。"

白薇道："不，越玩是越难过的，还是你们去吧，不必管我，叫我好好待一会儿就成了。"

大家以为她又是因为家里闹意见出来的，大家安慰了她一阵，便相偕而去。白薇越想越难过，本来很甜蜜地玩着，为什么一下就变了呢！爱情是冷酷的吗？爱情是苦涩的吗？她想着，便拿出笔记本来，用自来水钢笔，给刘蔼龄写起信来。她写道：

蔼龄：

在我给你写这信的时候，刚刚离开欧西咖啡馆一个钟头，你或者还在那里。我知道你很难过，也很生气，可是蔼龄，是我的不对，我不该拿假话当真话说，而且我又没有自圆的本领，你又有一种强硬的性格，结果我们很甜蜜

51

的机会竟变成了悲哀的结局，真是后悔极了。我也知道是我的不对，可是你也太忍心了，竟一点儿也不给面子反转。女孩子也有女孩子的尊严，所以我走出来了。出来之后，非常后悔，我想要回去，又怕你说我，我的书袋都掉在地下，一点也不知道，若不是人家告诉我，我还不知道走到什么地方去了呢。

来到学校，有许多同学，她们要我到欧西咖啡馆玩去，我想到你，我哭了，结果她们去了，我寂寞地给你写这封信。蔼龄，我告诉你呀，我今天下午本来没有课，但我愿意在你的门前走，虽然我看不见你，可是我能站在你办公窗户外，隐约地看见你的影子，也足以安慰了。不料却真的见了你，而且和你对坐在咖啡馆的单间里，我是多么快活呢！这也是我的命运多舛吧，怎么这么一会儿的享受都不能维持它。蔼龄，你原谅我吧，我也是很痛苦的呀！

十五号午间，我仍在欧西咖啡馆等你，请你务必要去，不管你是怎样的生气，怎样的恨我，你也要去。我想你，我忘不了你，我情愿做你的俘虏，蔼龄，原谅我吧！

写完了信，和同学借了一个信封，把信装在里面，封好了，到街上送到邮局去了。

第二天，这封信送到刘蔼龄的手里。刘蔼龄也正后悔昨天不该那样坚决，可是也着实地恨白薇太自尊了。他接到白薇的信，真是欢喜不尽。到了午间下班，立刻到欧西咖啡馆去了。谁知到那里等了一个多钟头，也没有见到她来。他这气大了，立刻自己吃了西餐，回到班上去了。他坐在椅子上直纳闷，她既然约我，为什么她又不

52

来呢？她或者又发生什么变故了吗？唉，散了也好，这样总是吃着苦，不如一下就断决也好，忘了吧！他一边难过，一边给自己解说着苦恼。可是怎样解说着，仍然是忘不了。

过了两天，他又接到白薇一封信，那信是这样说着：

    不知道是我的信被人家隐匿起来，还是邮差没有递到，我前次给你写了一封信，求你再三宽恕我，再到欧西咖啡馆一谈。可是我昨天去后，由正午一直等到两点钟，也不见你来，你是始终不宽恕我了吗？昨天我由咖啡馆出来，就如同癫痫了一般，我几乎哭了出来，我不知道我要到哪里去，我就这样地走。天哪，我竟走出了西直门。蔼龄，你为什么这么狠啊，为什么这么狠啊！再盼不来消息，一只白鸽也要在太阳西落的时候，含着眼泪，向黑暗中飞去了。黑色最浓的地方也许是刀山，也许是毒水，可是没有希望的鸽子并不对这些有所徘徊，它愿意冲去。冲去倒还干脆！请你告诉我，你是没有接到我的信，还是有意和我疏远。如果你允许我还占据你心灵的一角，那么你给我一个回信吧。如果我接不到你的回信，那无疑的是你不理我，我在抚着忐忑的期待。看你这样待我，我现在开始尝到一种苦味，这苦味的名字叫"？"，是你赐给我的，我时时刻刻在细细地咀嚼着。

刘蔼龄一看才知道是看错了日子，急忙把她前一封信找出来看，可不是把日子看错了。他也笑了，立刻给白薇写了一封信，说是看错了日子的缘故，跟着便约她一谈。过了半天，又接到白薇的回信，说星期四到报社里来，他便等着。

到了这天，她果然来了，两人一见面，竟仿佛一对久别的夫妇，说不尽的委屈、甜蜜、辛酸。刘蔼龄先抱了她，她闭了眼睛倒在他的怀里，刘蔼龄用力地吻着她的嘴唇，他们都有点喘息，可是嘴唇不愿意离开。她一来为偿刘蔼龄的债，一来可补自己的空虚，她任凭他吻着。吻完了，两个人这才谈话，两个人把肚子里所有的委屈都说了出来，于是又抱着吻。刘蔼龄那种热烈大胆使得白薇都有点害怕起来，她怕两个人到了最热的时候，难免要有那最高的要求，她一想到这里，她怕了，她连忙退缩了回去，她离开了。

刘蔼龄觉得真怪了，他道："你为什么离开了我？"

白薇道："我们好好谈会儿话不好吗？"

刘蔼龄道："谈话是可以的，但是你必须坐在我的身上或是旁边，我才说呢。"

白薇道："那多不好。"

刘蔼龄道："那有什么不好，我们不是都可以得到愉快吗？"

白薇道："不，我认为我们这样静静地谈着，就非常快活了。我真不敢再希求什么，我实在害怕。"

刘蔼龄道："你怕什么，你怕你爱我是不是？"

白薇道："随便你说，反正我不愿意那样。"

刘蔼龄道："你不愿意，就是你不爱我。"

白薇一听，恐怕又谈僵起来，又演成咖啡馆那一幕，今天好容易甜蜜了，再要闹那么一次，那痛苦就更大了。为了免除痛苦，还是避免谈这问题。她道："真的，我们好好地谈别的。"

刘蔼龄道："没有爱，光谈别的，不就是虚伪吗？那谈得多久，也是徒然。我们现在就要亲密地谈着，这样才是返乎天真，返乎自然，返乎人类的天性。你如果仍要拿礼教来和我对面客客气气地谈话，我认为那是虚伪，那是掩灭了天性，遮饰了真爱。"

白薇一听，如果再说，必要拌杠，一抬杠必要决裂，那是多么残酷呀！可是她又不敢答应他，她怕如果这样下去，两个人——至少自己一方面——痛苦更大起来，她不敢言语了。

刘蔼龄走了过来，坐在她的旁边，低声说道："你告诉我，你是憎我呢，还是怕我呢？"

白薇道："怕你。"

刘蔼龄道："你怕我什么，我又不是老虎，要吃了你的。我对于你一点损害的地方都没有，你怕我什么呢？我这样爱你，你为什么反倒怕我呢？"

白薇道："我就怕你这样地爱我。"

刘蔼龄道："难道你不需要我的爱情吗？"

白薇道："我需要你那纯洁的精神的爱！"

刘蔼龄道："不，那叫阿 Q，我不认为那种爱叫着爱，真正的爱是灵肉一致的。"

白薇道："不，我认为这种爱不好，还是纯精神的好。"

刘蔼龄道："真正的爱，没有不想占有的，所谓精神的爱，便不是真爱。薇，你是很有思想的人，为什么却这样固执？我爱你，我永远爱你，你怕我什么？"

白薇又被他的温柔的态度软化了，刘蔼龄便又抱了她，她不再拒绝。两个人便陶醉在爱的气氛里，一边吻着，一边谈着。可是白薇在一种愉快心情里，总含着一种悲苦似的，她好像良心上有了惩罚，她起了矛盾的心，她觉得心乱如麻，她不愿意再在刘蔼龄的怀里，可是她又不肯离开他的怀里。

过了不知多少的时候，她终于离开了他。他又再订来期，白薇说："等我给你写信吧，可是我不准你给我写信。"

刘蔼龄道："好吧，我一定不给你写，可是你准给我写才成。"

白薇道："当然。"她走了，给刘蔼龄留下一个甜蜜的回忆而走了。

她回到家里，丈夫却抱怨她道："你上哪儿去了，我等你这么久？"

白薇道："我到一个同学的家里，借笔记抄去了。"她说完了这句话，说不出来的痛苦，好像锥子正刺着自己的心，她觉得对不起她的贞操，对不起她的诚实，她又后悔了。同时她想着刘蔼龄那样热烈地爱着自己，如果再见的时候，说不定他又……倘若拒绝他，又要演成僵局，而致决裂，那时反而不美了。不如乘着这个甜蜜的结局，就不再见他，把爱藏在心底，把这甜蜜的结局永远纪念着温习着，这也是一种精神安慰剂。至于刘蔼龄怎样想自己，怎样恨自己，自己也看不见，也就惹不起烦恼来。

她这样一想之后，便不再理刘蔼龄了。而刘蔼龄却还等着她的信呢，越等越不来，他很奇怪，那天是那样甜蜜，为什么竟一去不回呢？她根本不爱我吗，但为什么那天却那样热烈呢？也许她又有了别的情人，也许她那天就是敷衍自己？越想越苦烦，他又不敢给她写信，结果他病了。病好之后，已经过了好几个月了。这时他又遇到黎滨，他因为黎滨的作品，很像白薇的作品，而且黎滨的模样也很像白薇，于是他便爱了黎滨。

这是以前的话了，以后的话，且看下回。

# 第三回　情场的游击战

陶静听了刘蔼龄把自己和白薇及黎滨、周兰的事全说出来之后，她不禁生了许多感想。她认为感情的冲动，是非要当时制止不可，不然便会造成许多不幸，而成永久的憾事。她似乎有话要说，可是她又觉得和刘蔼龄的友谊，还不到说这话的时候，她只有忍耐下去，可是这问题却总在她的脑子里盘桓不去。

她想当面不能说，还不能写信吗。她便说道："过两天我或者有一封信给你。"

刘蔼龄道："是不是关于这件事的？"

陶静道："是的。"

刘蔼龄道："那么何不现在就说？"

陶静道："不，我当面说不出来。"

刘蔼龄道："是不是同情我的？"

陶静笑道："同情你吗，哼，我觉得你是一个罪人。"

刘蔼龄道："怎么？"

陶静道："等我给你写信吧，我觉得你这样坦白地说了出来，或者还能减轻你一点儿良心上的责罚，不然你是永不能赎的。"

刘蔼龄道："不，我觉得不，我爱她。"

陶静道："你爱她，为什么又爱黎滨？"

刘蔼龄道："因为她不爱我，我为什么还要单恋呢？况且黎滨也像她呀！"

陶静道："那黎滨爱着你，你为什么又爱周兰呢？"

刘蔼龄道："那、那，周兰强迫我爱她，因为她爱我，所以我不得不爱她。"

陶静道："没听说过，世间人一爱你，你就爱她吗？"

刘蔼龄道："我觉得爱我的人，就是可爱，何况她还需要我的爱。需要我爱的人，如果我拒绝了她，那是使她多么难堪呢？你知道女人心眼儿窄的，如果碰了钉子，尤其是求爱碰了钉子，那能够毁了她的生命。我以为给了她爱情，在我是并没有什么损失，在她也得了安慰，为什么我不干呢？我能够忍心使一个女人失望而自戕吗？"

陶静道："你的话似是而非，一两句话是说不定的，我一定有信给你。"

刘蔼龄道："好吧，我就等着你的信吧。"

陶静道："你知道柳燕她们对你是什么评论？"

刘蔼龄道："我知道柳燕是恨我的。"

陶静道："不仅是柳燕，许多女人都这样说呢。"

刘蔼龄道："真是想不到，也真是冤枉了我。"

陶静道："哼，你如果接到我的信，你也就不说这话了。"说着，他们吃完了饭，走了出来，刘蔼龄给她雇了车回去。

刘蔼龄始终不相信她们都对自己这样坏，回到家里，想着今天能够和陶静痛快淋漓地把过往的事都说了，实在是高兴极了。过了两天，接到四封信，他一看，一封是柳燕的，一封是周兰的，一封

58

是黎滨的，一封是陶静的。

他先看柳燕的，只见她写的是：

　　刘先生我真生气了。您那天到我这里来，原来是和周兰的约会。我这好意地和您说，叫您等着周兰一起玩，谁知你们却是定好了的约会呀！你们这样瞒着我，是等于欺骗我，我不能答应你们的。周兰近来也不是那么一回事了，提到刘蔼龄说不上来的高兴，我想刘先生也是很高兴的吧？可是刘先生，您还记得外边还有个黎滨吗？您忘了她了吗？黎滨是怎样热烈地爱着您，您欺骗了她，您该当何罪呢？

刘蔼龄看完了，不由笑道："这位小姐太矫情了，黎滨不给我写信，我又不知道她的通信处，写信无处寄，不写信又说我忘了她。其实我怎么忘了她，倒是她忘了我了。"

他把柳燕的信放下，又拆黎滨的信来看，只见寥寥数行。上面写着：

　　你太不了解我，你知道一个人怎样憎恶另外一个人逆着她的意志去做？蔼龄，如果你以为你这样做是对的话，那无疑是离我们的意旨越来越远，而友情越来越疏了。周兰是我的朋友，你以为在她那里可以得到我的一切，可是错了，可惜她不能支配我。

刘蔼龄一看，满面怒气，不知她是由哪里发起，大概是柳燕给她写信，说我同周兰订约会，违背了她，不爱她了，越想越对。

他又拆开周兰的信来看，上面写着：

　　蔼龄，那天定在柳燕那里见面，我因为去晚了一点儿，你已经走了，你是生气了吗？还是柳燕又同你说什么来着？那天玩得真好，这个礼拜日，我们到城外去玩好吗？我有个朋友在香山别墅住着，如果我们去看红叶，可以在她的园子里坐一坐，非常好玩的。礼拜日我在汽车站等你，坐头一趟车去。

刘蔼龄看完，真是说不出的心乱，稍微静了静，又打开陶静的信看。她写得很多，里面说：

　　经验曾经告诉过我，交浅不言深。而我自己又不能确知你看我成你的何等样的朋友，所以这信写了多次，又都半途中止了。星期六那天我试一试，原来你是并不一定耻于考虑我的一点意见的，于是我抽着空子写成了它。这原是我禁不住不写的信。
　　当我听完了你的披沥陈述之后，我心中对于你加上了一层深切的惋惜，以你的聪明、知识、思想以及丰厚的生活经验，你还不该有这种错误行为的。请原谅我的直言，你知道，我决不是摆起老夫子的假道学面孔责备你什么。此处我所指摘的错误，是说你荒唐地放任感情，陷自己于良知上不可解救无止无休的痛悔。无论何时，只要回想起这件事来，你不觉得有一种想担负起一点责任而不可能的悔愧难言的苦痛吗？我们都是在旧社会道德成长起来的，

60

虽然我们已经接受新的思想和知识，但是有许多的言行，仍为我们所以曾淘荡净尽的旧环境所牵掣。如果今后你对于她们肯负起一番指导责任，我想是再好没有了。

从你这方面说，你可以凭借良心，极力挽救你自己的过失。从她们一方面说，她们这非正常生活——有知识、思想，受高深教育，而且有丈夫的女人，所不应也不必有的生活——实在需要一个如你之生活经验丰富，感情极其深厚，思想很正确的人指导她们，使她们能将生活改革，将她们自己的能力发挥于正。则她们将来能因培植天才而得好花好果的时候，便是你释重负于一旦的时候了。最要紧的是，还是要克制自己恋爱对方的感情，把朋友手足的友爱，与异性的情爱，要分得清清楚楚才成。你是有这样的天才，何不将它发挥至无极，使自己的精神生活垂至不朽呢！

最末，我还觉得你不要随便将这一切，你所负疚于心的事情告诉他人，这样未必能减少你自己心中的愧疚，像佛教有所谓菩萨那样。况且不了解你的人，未必不以这为资料，将它随便转述别人。有些人是喜欢从传统的伪社会道德与评判一些他们所不能理解的事实。

我好像说得不少了，可是我不会说得更能表达自己的见解，你若觉得其中有一句可以听，你便记住它，否则你就完全毁灭了它吧。

刘蔼龄看完了之后，想到陶静是个新思想的人物，但是她的信却这样旧道德观念很重，十分奇怪。可是她对于自己的爱护，也颇诚恳，倒还不能辜负她这个意思。

这四封信怎么回答呢？他想了想，先回答了黎滨，叫她别误会，反再责备她为何老不给自己写信，并且他说：我连你的通信处都不知道，未免太可怜了。他本想还写要她不要听柳燕的话，可是这封信要由柳燕给转的，只得忍痛不写了。写完了黎滨的信，又给周兰写信，说对于郊游一节，可暂缓举行，太忙的缘故。写完了一想，又不大好，假如拒绝了她的要求，她一定很苦痛。上次在柳燕那里没有等她，就很歉然了。于是把信又扯掉，又写道：礼拜日下午一时，准到西直门，请于该处相见可以也。写完了周兰的信，又写给陶静的信。这信写得很长，表明自己的立场和不得已的苦衷，最后他说：我宁叫天下人负我，不叫我负天下人。

写完之后，有些疲倦，拿起柳燕的信看了看，想给她写回信，可是不知写什么好。这位小姐很难伺候，写错了一点，她就能发脾气。想了想，给她打个电话吧，不必写了。想好了主意，便摘下耳机子，给柳燕打电话。那边回答说："柳小姐正在上课，等到下了课，叫她给您打电话吧"，刘蔼龄只得把电话号码告诉了他。

等了一会儿，电话铃响，他想一定是柳燕回的电话，连忙去接。一听里面挺乱，他一问却是周兰打来的，同时她仿佛听到另外还有一个女人的声音，后来又没有了。

周兰道："我的信接到没有？"

刘蔼龄道："接到了，同时还接到柳燕的一封。"

周兰道："她说什么？"

刘蔼龄道："她生气了，她说我们欺骗了她，是你同她说我们定好在她那里见吗？"

周兰道："她直问我，可不是说了。她直疑惑我们去得那么巧，你为什么走得那样快，连等我都不等呢?"

刘蔼龄道:"我怕柳燕看出我们定的约会，所以我先走了，结果她还是知道，她真聪明。"

周兰道:"喂，她骂你呢，她也骂我。"

刘蔼龄道:"她骂你什么?"

周兰道:"她骂我重色轻友。"

刘蔼龄笑道:"这孩子，真能挖苦人。她骂我什么?"

周兰道:"她骂你是无女人不爱，你是这样吗?"

刘蔼龄道:"是的，她很聪明，她大概知道我已经爱了她。你可以给她写信问她，你说刘蔼龄无女人不爱，难道他爱了你吗? 你就这样问她。"

周兰道:"你不是很爱她?"

刘蔼龄道:"不，我恨她，我才不爱她呢。"

周兰道:"你恨她什么?"

刘蔼龄道:"恨她挑拨是非。"

周兰道:"她对你说我什么来着?"

刘蔼龄道:"对我还没有谈到你。"

周兰道:"礼拜日出城吗?"

刘蔼龄道:"能够不去吗?"

周兰道:"你若不愿意去就算了，我知道你根本不喜欢我。"

刘蔼龄道:"没有的话，回头我有封信给你，你一看就明白了。"

周兰道:"你去吗?"

刘蔼龄道:"去吧。"

周兰道:"那么改天见。"说着把耳机挂上了。

刘蔼龄刚要挂上，忽然耳机里说道:"喂喂。"

刘蔼龄道："你还有事吗？"

那边道："我不是周兰了。"

刘蔼龄道："哦，你是谁？"

那边道："我是柳燕。"

刘蔼龄一听，汗立刻出来了。促狭鬼，越是怕她精明，越是叫她遇见这事。他不知说什么好了，他道："真巧！"

柳燕道："是的，太巧了，比耿小的小说还要巧。你们好呀，背地里讲究人，你们凭什么背地骂人呢？"

刘蔼龄越发流汗道："没有呀。"

柳燕道："什么没有，你们打电话，我全都听见了，由头到尾。你恨我，我怎么挑拨是非了？真正的是刘先生挑拨是非呢。"

刘蔼龄很窘地说道："我随便对她一说，并不是什么恶意的话，我……"

柳燕道："反正你们都骂了我，您给我打电话什么事呢？"

刘蔼龄道："没有什么事，您的信我接到了，同时还接到黎滨的信，她说您对她说我许多不好的话……"

柳燕道："胡说，我多咱写信说您不好来着？即或说了，也没有关系，我便承认，您的确不好。"

刘蔼龄道："怎么不好？"

柳燕道："反正不好，不好，一定不好。"

刘蔼龄道："不好就不好，反正总有一天叫您说我好。"

柳燕道："我一辈子也不会。"

刘蔼龄笑道："我们不抬杠，日久见人心。"

柳燕道："我们就看着吧，还有什么事？"

刘蔼龄道："没有什么事了，再谈吧，有工夫我看您去。"

柳燕道："新闻记者惯来这一套。"

刘蔼龄道："真的，我一定去看您，明天吧。"

柳燕道："明天见。"他们把耳机挂上。

第二天他当真去找柳燕去了。柳燕刚下了课，把他让到屋里。刘蔼龄和柳燕对坐在屋里，静静地谈着，他又沉不住气了。这样美的人儿，真叫人心跳，刘蔼龄的老毛病又犯了起来，他真想爱了她，可是他实在不敢。因为她既然说自己无女人不爱，假如真向她求爱，岂不落在她的话底下。为了叫她转变对自己的印象，倒要对她客气。其实他想：倘若她能接受我的爱，而叫我不爱任何女人，我也能做得到，我当然能够拒绝任何女人的爱。可是她不爱我，又有什么办法呢？

刘蔼龄一边听着，一边和柳燕客客气气地说些闲话。说着说着，他又想说出爱的话来。刚到嘴边上，他又咽了下去。他心中暗道：我走吧，不然爱字非要说出来不可，越看她越爱。眼不见心不烦，三十六计走为上策。虽然与她谈天是一种幸福的事，但是待久了就要出毛病，走吧。

想罢，拿起帽子便站了起来。柳燕道："忙什么，多谈一谈不好吗？"

刘蔼龄道："我还有点儿事，改天再来吧，如果给黎滨写信的话，替我问好吧。"

柳燕道："我还忘了告诉您，我给她介绍了一个朋友，他们感情很好呢。"

刘蔼龄一听，说不出的一种悲哀，他苦笑了一下，道声再见，转身走了。

柳燕笑了一下，点了点头道："看你刘蔼龄多么聪明，你也斗得过柳燕吗?"

刘蔼龄一边走着一边想,黎滨交了一个新朋友,她竟连告诉自己都不告诉,反而来信责备我一顿。哼,女人,女人!他回到家里,越想越恨。到了礼拜日,是周兰的约会,他不想去了,可是又一想黎滨给自己的难过,不能在周兰身上报复,那样会更称了柳燕的意,自己倒要和周兰亲近一下。他又去了,见了周兰。两个人一同到西郊去玩,周兰便说着黎滨和柳燕的事,越说话越多,他们净顾了玩,结果时间都耗晚了。公共汽车已经没有,人力车也雇不到。同时雇车回来,路上太慢,未必进得了城,无法只得住在一家旅馆里。

刘蔼龄道:"我们要一个房间呢还是两个房间?"

周兰道:"无须乎两个吧。"

于是他们走进旅馆开了一个房间。稍歇了歇,先吃晚饭。吃完晚饭,又到外边散散步。天气凉多了,四野都是静的,他们站在山上远望着北京城,只是一片红光,就好像一座大宝石库在发光。他们静静地谈着,非常快乐。散了一会儿步,进到屋里,先到浴室去沐浴,然后躺在床上谈天。

周兰道:"我现在想出走,不愿意在家里待了。"

刘蔼龄道:"你上哪里去呢?"

周兰道:"到外边做事。"

刘蔼龄道:"不好,我认为你应当在家里主持家务。家里事那么多,你再出外做事,家里岂不是更乱了吗?"

周兰道:"告诉你吧,我绝不能再和他们相处下去了,他们一家人都反对我。"

刘蔼龄道:"怎么呢?"

周兰道:"我的公婆不用说了,他们总说大儿媳不好。二弟和二弟妹和我最不对付，三弟妹整天和我不说话，她老和二弟妹在一块儿。因为她们人多，所以小姑子也和她们好起来，我越发孤单了。本来小姑子对我还不错，她时常做文章写诗什么的，叫我给改，近来一看我势孤，也跑到她们那边去了。"

刘蔼龄道："这也是你的脾气不好，不然不会得罪她们。固然妯娌是向来不和的，但是你们都不操心，有什么利害冲突呢？"

周兰道："你不知道，她们程度太低。二弟妹连小学都没毕业，三弟妹是初中毕业的，就是妹妹程度还高些，现在高中。她们都说我是大学毕业，跟她们到不了一块儿，瞧不起她们，心里笑话她们，所以她们就对我歧视起来了。"

刘蔼龄道："中国这大家庭制度，真是应该取消。家庭离不开妇女，而妇女又都是这样浅薄固执。"

周兰道："你可别这么说，什么女人都是浅薄固执，讨厌！"

刘蔼龄道："你一点儿也不是，我说的是你那弟妹们呢。"

周兰道："谅你也不敢说我。"

刘蔼龄道："呵，你也这样跋扈，现在的女性真了不得，可是无论她怎样跋扈，她终究要跑到男人怀里来的。"

周兰道："讨厌，再也坏不过你了。看你外表那么老实，原来肚子里是这样坏！"

刘蔼龄笑道："岂止肚子里呢？"

周兰竟无话可说，倚在刘蔼龄的怀里了，她享受到人间最快活的甜蜜。

第二天，他们一同进到城里，周兰回到家里去了，刘蔼龄也回到家里来。看见陶静来了一封信摆在案头，他拿了起来，说不出来的欢喜。他把信放在嘴唇上先吻了一遍，然后打开。他先慢慢地想，想和她还没有爱情，为什么突然就把她的信吻起来。这种当时感情的冲动，真是莫名其妙，她当然一点儿也不知道。但不知她若是知道，将要怎么态度呢？

刘蔼龄想到这里，便有了一种好奇心，他觉得陶静和柳燕的个性差不多，思想和知识也差不多，若是娶一位太太，应当娶谁好呢？想了想，还是陶静好些。陶静虽然也爱生气，可是在她高兴的时候，她可以做那太太应当做的事，譬如炒菜做饭等。柳燕却不成了，她完全是享受主义的。可是她们两个人的享受主义却完全相同，出门连电车都不愿意坐，在咖啡馆坐一会儿，小费都要多给，娶这么一位太太，若是没有钱，也相当受罪。周兰做太太也不成，总想找安慰。黎滨确是一位好太太，也能享受，也能吃苦，也有学问，也有三从四德，这倒是一个模范太太，不过有一样，她有时太沉默了，对于丈夫的安慰给得太少，一个女人十全真不容易。

他一边想着一边拆开陶静的信看，信里只说接到刘蔼龄的信，对于他回驳的话，有点意见，可是见面再说吧。把信收起来，出去吃饭。

第二天，天气突然阴上来，似乎要下雪的样子。刘蔼龄一个人待得无聊，又懒得出去，把火弄得旺些，坐在沙发上看书。看书看着饿了，他想自己做点儿饭吃，盛了些面粉，用水和了预备吃点面条，但是水放多了，面成了稀面，他又兑了一些面粉，又太干了，怎么也和不好，结果和了一盆子面，脸上鼻子腮帮子都粘的是面粉了，成了戏台上的小丑。

这时陶静走了进来，一看他这种神气，不由笑了起来。说道："真可怜，大记者居然也自己做饭了。"

刘蔼龄张着两只白面手，让道："请坐请坐，我先沏茶。"他不知要干什么好了。

陶静笑道："得啦，你就别张罗我了，你吃什么？"

刘蔼龄道："我打算吃面条。"

陶静道："吃面条也用不了这些面，这三个人吃恐怕都吃不了。"

刘蔼龄赧然道："我也不知道这是多少。"

陶静道："我给你做吧，你把手洗干净了，不必管了，你一边看你的书去吧。"

说着，陶静也洗了手，便继续给他和面。刘蔼龄洗了手，拿了本书，坐在沙发看书，陶静给他做饭。他忽然起了一种遐想，他放下了书本，怔怔地看着陶静。见她这样给自己做饭，就和太太一样了。在这个情形下，两个人不就是夫妇了吗？他看着陶静那样美丽，那样能干，真想娶这么一位太太，那才是人间幸福呢。他假装看着书，其实他是领略这种美丽环境，使自己觉得非常愉快。

一会儿，饭做得了，两个人一块儿吃，这越发像夫妇了。他呆呆地望着陶静。

陶静正在吃着饭，忽然发觉刘蔼龄在呆着看自己，不由脸红了，她道："你为什么要看我？"

刘蔼龄道："我没有看，吃饭吧。"

陶静道："你看着我，我就不吃了。"

刘蔼龄道："不看不看。"

陶静道："你看我做的饭不是滋味吗？"

刘蔼龄道："太好了，好吃极了。"

陶静道："那么你看我吃得多吗？"

刘蔼龄道："不，我希望你多吃。"

陶静道："你向那边吃去。"

69

刘蔼龄道:"好好,我向那边吃。可是我向那边吃,未必吃得好,不如我们一边谈着天一边吃,倒自然。"

陶静道:"只要你的眼睛老实些就成。"

刘蔼龄道:"当然,吃饭吧。"他们又吃起来。

陶静说起这样做菜,从前在学校的时候,有家事一堂课,每到这堂功课,先生便给做菜做点心什么的,做出来大家吃。

刘蔼龄道:"我们学校就没有这门功课。"

陶静道:"你们男生不学这个,家事只有女人学。"

刘蔼龄道:"哦,我才明白,家事完全是女人的事,女人完全管家里的事。"他这话里似乎有含义。

陶静羞笑道:"讨厌,别得了便宜还说风凉话。我今天给你做饭,完全是可怜你的意思,你不要把我看成给你做饭的。"

刘蔼龄道:"没有,我并没有这意思,是您自己这样说的。"

陶静道:"我说了就不准你再说。"

刘蔼龄道:"好好,我不再说。"

陶静笑道:"你真皮脸皮吃的。"

刘蔼龄道:"我愿意在您的跟前做一个小猫。"

陶静道:"我才不要你这小猫。"

说着,便翻着刘蔼龄的书来看。一看,有本日记,她道:"我可以看吗?"

刘蔼龄道:"可以,不过有一个条件。"

陶静道:"什么条件?"

刘蔼龄道:"不准生气。"

陶静道:"我不会生气。"

刘蔼龄道:"那你就看吧。"

70

陶静翻了翻，忽然看见里面有自己的名字，她不由自主地看下去。只见那段写的是：

今天和陶静去看电影，看完电影又同她去吃饭。本来应当在柳燕处等周兰，但是她们两个人的魔力都没有她一个人魔力大，我竟同她去玩。在吃饭的时候，我把我和白薇的过去向她和盘托出，我不知她的感想如何，我只觉得我非常愉快，就和我已经向她求爱一样的高兴。她真美丽，我许多次要吻她，又没好意思，我太没有勇气了。可是她真奇怪，不见她时，总有一种幻想，要接近她，要爱她，要吻她，可是一见了面，她又有一种严肃不可犯的神色。她用她感性的手，抓住了我的心，然后她又用理智的拳头把我打开老远。她有些神秘，这点神秘使我更爱了她。假如我要向她求爱，不知道她是什么样的表示。

陶静看到这里，微微一笑，但怕刘蔼龄看出自己的神气来，连忙把书遮住了面部，又往下看，一看可是一篇爱慕自己的话，夸赞自己是多么美丽。最后有这么一句：像我这样的单思，她一点也不知道呀。陶静看了，心里突然觉得很乱，她不敢再往下看，她要整理整理自己的情绪。她把日记放下，站了起来，立在窗前往外看着，说不出自己是怎样的不宁静。

刘蔼龄在她看日记的时候，心里就盘算着如何来造成非常的局面，而他是看陶静的神色来行事的。谁知陶静却把背向着自己，一点也看不出她的表情，测不出她到底是什么情感。他有点茫然，可是爱她的话，她已经知道了，不说也白不说，与其这样单恋，不如碰一个钉子吧。他要站起来，从后面抱着她的身体，可是没有动。看着她的动人的姿态，真想过去抱了她。他心里是这样的紧张，这样的跳动，但是他的身体仍然是那样静静地坐着。

屋里空气非常沉默，而沉默里似乎伏着暴动的原子。刘蔼龄站了起来，陶静仍然是面向外站着不动。他走到她的身后，他想整整抱了她，吻她。他看了看她的苗条的姿形，他有些心旌摇动。他张了臂，走到她的切近，忽然理智的棒似打了他脑子一下，他又退后了两步，转身来，在屋子里散步。他想说话，破除屋子里的僵气，而化归自然，可是他又想到把这情景再延长下去，叫她别动。她一转身，或者一切都没了，他不能放弃这个机会。在沉默里，极力缩短自己的考虑，他又走了过来。陶静仍然没有动，或者她心里想着一件不能解决的事，或者她是故意给自己一个求爱的机会。他鼓了鼓自己的勇气，大丈夫应有十二分的勇气，焉能为了一个女人的钉子而畏缩？

他故意放重了脚步向她走去，她仍是不动，他又在她的身后站住了。打了自己一下，埋怨自己为什么这样胆怯。看着陶静的后身，就跟雕塑家塑成的神像似的。他心里说道："难道你一点也不动心，你就不会先说一个爱字吗？"他又徘徊起来。

大概时间已经过了很久，猛然他听陶静问了一句道："喂，你那小猫哪儿去了？"

刘蔼龄真没想到她竟这样没头没脑地来这么一句问话，他简直摸不清她是什么意思，他坐着，她那靠着窗户的姿势，太动人了，他不知道怎样来回答她这句话。

陶静见了他这呆样儿，不由笑道："我问你什么，你听见没有？"

刘蔼龄赧然道："听……听见了，不是小猫吗，就在院子里，一

72

会也许进来。"

陶静道："我真爱那小猫。"

刘蔼龄心说："站了这么久，就想我的小猫来了吗？"他默然想着，他故意把空气弄得沉默，使她显得不自然，使她往不平常里边想。

陶静见刘蔼龄不言语，她似乎早就知道他的用意，她就一句跟着一句地说，不管他听不听，急得刘蔼龄一点儿办法也没有。

这时小猫跑进来了，她道："呀，小猫来了，快来吧。"她把小猫抱到怀里，小猫在她身上打滚，她抚着小猫说道："你这小猫呀，这么伶俐呢，真好看呀，你一天吃多少肝哪，他们老饿着你吧？"

刘蔼龄道："我们谈谈话好不好？"

陶静道："谈哪，你不谈，我怎么谈呢？"说着，把小猫抱起来吻着道："我的小猫儿多听话呀。"

刘蔼龄道："那是我的小猫。"

陶静道："现在是属于我的了。"

刘蔼龄道："你的也是我的……"

陶静道："你说什么？"其实她是听见了。

刘蔼龄道："我说你的就是你的。"陶静不言语了。

刘蔼龄道："我还不如猫呢，将来我也变成猫。"

陶静道："你变成猫，也是那讨厌的猫，没人抱的猫。"

刘蔼龄道："谁说没人抱呢？"

陶静道："我就不抱。"

刘蔼龄猛地伏在她身上，在她的脸上吻了一下，啊，这是多么香甜的吻呢！陶静站了起来生气道："我非要破坏一点什么不可，不然我要气坏了。"

刘蔼龄道："打我两下。"

陶静道："我向来不打人。"

刘蔼龄道："把玻璃打碎了吧！"

陶静笑道："讨厌，我回去非使劲擦我的脸不可。"

刘蔼龄道："可是我的嘴唇的记忆却擦不掉了！"

陶静道："你还要说。"

刘蔼龄连忙安慰她道："得啦，不说了，别生气，可是我太爱你了！"

陶静不言语，坐在沙发上，心里想着。好半天她才道："我希望你不要这样了。"

刘蔼龄道："你不爱我吗？"

陶静道："爱不爱何必要说出来？"

刘蔼龄道："不说如何能知道爱？"

陶静道："知道不知道都没关系。"

刘蔼龄道："不，爱与不爱，非要知道不可，不知道的爱等于没有爱。"

陶静道："我以为只要心心相印，互相领会，这就得了，不必将爱说在嘴头上。"

刘蔼龄道："是的，但第一个爱必须要表白出来，不表白出来，如何能知道是不是爱呢？比方你这时对我说了一个爱字，我便知道你是爱我的，以后永远不说也没有关系。"

陶静道："假如不说呢？"

刘蔼龄道："不说，我如何能知道呀？"

陶静道："像这样静的环境，我同你对坐清谈，难道你还看不出来？爱必须要听吗？不会看吗？"

刘蔼龄道："怎么看呢？"

陶静道："我若不喜欢你，根本我就不来找你来了。"

刘蔼龄道："那么我现在知道你已经爱了我。"

陶静道："你不说成不成？"

刘蔼龄道："我偏说。"

陶静一语不发，站起就走。刘蔼龄连忙把她抱住道："我不说，我不说了！"

陶静道："以后再这样，我绝不再理你。"

刘蔼龄道："这是小姐的骄傲！"

陶静道："那是。我问你，你见着柳燕了吗？"

刘蔼龄道："没有，我讨厌她！"

陶静道："为什么，她不是挺好的吗？我觉得她比黎滨好。"

刘蔼龄道："不，她不如黎滨，我老觉得她那劲儿太酸，我最不喜欢酸味的。"

陶静道："怎么叫酸呢？"

刘蔼龄道："骄傲就是酸，我说她太造作。"

陶静道："骄傲总不免带点造作，可是我觉得她还好，还活泼。"

刘蔼龄道："她跟你活泼，跟我就不活泼了。见了我总拿着架子，仿佛老怕我向她求爱似的，随时老防备着我。"

陶静笑道："可见你总是叫人害怕你的。柳燕说你的毛病，一点儿也不错。"

刘蔼龄道："她说我什么？"

陶静道："她说你无女人不爱。"

刘蔼龄道："真是岂有此理。她是女人，问问她去，我爱了她没有？"

陶静道："嘴里虽然说不爱，心里也许爱。"

刘蔼龄道："我是不主张爱在心里的。"

陶静道："但是你至少不是专一地爱一个人。"

刘蔼龄道："这不怨我。"

陶静笑道："这倒怨女人吗？"

刘蔼龄道："当然，如果我所爱的女人，她叫我专一地爱她时，我一定专一地爱她。"

陶静道："一个女人，没有不愿意男人专一地爱她的。"

刘蔼龄道："但这是互相的条件，她不专一地爱我，而叫我专一地爱她，这是不可能的。女人们都是喜欢拿男人当作消遣的东西，一个人愿意抓住许多男人的心，许多男人都向她追求求爱，这才觉得光荣。你想，这样的女人叫我专一地爱她成吗，那不是我自找苦恼吗？"

陶静道："那么你不会不爱她？"

刘蔼龄道："但是她先爱了我，怎么办呢？"

陶静道："你能辩，你有理。"

刘蔼龄道："事实摆在那里，不是我强辩的。这个爱了我，走了，那个又爱了我，走了，这个又爱了我，不理我了，那个又爱了我，又去爱别人了。她们都是这样的，还要责备我。比方你，你准能叫你专一地爱我吗？"

陶静道："你不要提我，我根本不爱你。"

刘蔼龄一听，又软化了，连忙苦着脸说道："你真不爱我吗？"

陶静道："不爱，真不爱。"

刘蔼龄低下头去了，非常难过。叹了一口气道："唉，没人能了解我！"

陶静笑道："你瞧，这位大新闻记者，原来是这么一个神气！"

刘蔼龄一见她这样叫人摸不清的态度，说不出她是爱自己还是不爱自己。如果不爱自己，自己去向她追求，实在犯不上。可是她若是真爱自己，自己反不搭情，又未免辜负了人家好意。但怎样看她，都好像没有诚意，即或她有爱，也是和别的女人一样是消遣态度。他想到这里，对于陶静的爱立刻降低了几分。方才已经燃烧到极点，可是这时渐渐变为温的了，爱情用一个俗语形容它最妙了，俗语说"如干柴烈火"，一点儿不错。爱情是双方的事，有一方增加热度，那一方也跟着增加，那方一增加，这方便更增加，结果双方是越加越热。如果一方是降冷的，那一方也随之降冷，虽然他仍有爱，但那爱是痛苦的。

他们谈了一会儿，陶静要走，刘蔼龄要送她，她无论如何不叫送，刘蔼龄也就不送她了。可是心里总纳闷，为什么不叫送，是不是她还有好朋友呢？他怅然回到屋里，想到方才的甜蜜，又一阵阵爱她。想到她给自己的难堪，又实在恨她。

这天，刘蔼龄坐车在街上走，猛然看见道旁迎面走来两个人，前面走着的是黎滨。他一见十分惊喜，他又看后边那个人，却是柳燕。他急忙跳下车来，黎滨似乎没有看见他，仍自往前走。刘蔼龄便叫她道："滨，你哪天回来的？怎么也不告诉我一个消息，滨！"他这样叫着，黎滨却仍自往前走，连理也不理。刘蔼龄陷入十分难堪里，他想着两个人见面，应当怎样悲喜交集，没想到她却这样冷酷，把自己扔在道旁，叫洋车夫都在笑自己，说这个人大概是疯子，满街追女人。

他有些恼羞成怒，可是他还忍住了气，又向柳燕打招呼，柳燕这时是可爱的，和刘蔼龄谈了几句，她说："这个不能怨滨姐，这应怨您的。"

刘蔼龄道:"怎么会怨我?"

柳燕道:"您自己想去吧。"说着,她追黎滨去了。

刘蔼龄立在街头半晌,才又坐上车走了。他越想越难过,回到家来,便给周兰写了一封信,发发牢骚。说黎滨走了之后,只给他写了一封信,还是骂他的信。这次回来也没有告诉他,今天在街上遇到她,她连理都不理自己,非常难过。他写了这封信去,他以为周兰一定会来信安慰他,或是告诉黎滨来找自己。他发了这信之后,心里觉得放开多了。

过了两天,周兰来信了。他急忙打开来看,只见上面写道:"为了使黎滨免除痛苦,我不能不激流勇退。我知道她生气完全为了我,柳燕在她面前不知要怎样地说我。过去就叫它过去吧,你只当它是一场梦就得了。后会有期,祝你前途无限!"

刘蔼龄一看,把信使劲往桌上一扔,坐在沙发上说道:"原来你也是这一套!女人,我看透了女人。高兴起来,拿我消遣,玩腻了,立刻就不理我。即或你保持着友谊,不仍是可以的吗?为什么不爱就立刻不理呢?女人是水做的不错,是祸水做的呀。"

他一个人前思后想,越想越气,他想他在社会里混得这么久,闯荡江湖,结果却叫女人给玩弄了。越想越不好过,他立刻在日记本上写了几个大字:"从此发誓不再接近女人。"他又写了一个纸条贴在墙上,上面也写了"绝对不再接近女人",那态度是非常坚决,他要拿这句话做座右铭,随时都看着它。偶然一想起女人来,他一看这纸条,马上对女人起了一种嫌憎与畏惧。过了几天,果然心里宁静多了。

这天,他上班去,听差告诉他说:"刘先生,有位女士找您来了。"

刘蔼龄一听，想了想，我不再上当了。平时不理我，到她们高兴的时候找我来，我才不理她们，这不是陶静就是周兰，反正是不理她们了。

刘蔼龄道："你就说我不在这里。"

听差道："已经走了，您没来的时候来的。"

刘蔼龄道："她说姓什么？"

听差道："没有说。"

刘蔼龄道："什么样？"

听差道："个儿不高。"

刘蔼龄一想，许是陶静，他道："去吧。"

听差道："她明天还来。"

刘蔼龄一听明天还来，不由奇怪了，他道："明天先问她姓什么，然后再告诉我。"听差答应了，去了。

刘蔼龄心里又不宁静了，想了想，咬了牙，又写了一个纸条，写着"永远不接近女性"。写完了压在玻璃垫底下，自己警告着自己。

第二天，他来到班上，听差又对他说："昨天那位女士又来了。"

刘蔼龄道："姓什么？"

听差道："姓章，她说是立早章，不是弓长张。"

刘蔼龄一想，自己还没有这么一个朋友，他道："请进来吧。"

听差道："走啦。"

刘蔼龄道："我没叫你说我不在。"

听差道："您没来的时候来的。"

刘蔼龄道："哦，告诉她再来的时候，最好在下午两点以后。"

听差道了声"是"，走了。刘蔼龄看了看那张不接近女性的纸条，他又在那句话下面，写了一惊叹号，表示决心的意思。

次日上班，听差又告诉他说："章女士又来了，上午来的。"

刘蔼龄道："我不是说叫她下午来吗？"

听差道："是呀，我今天告诉她了。"

刘蔼龄这才想起来，昨天告诉听差的时候，人家已经走了。他很奇怪这位章女士不知是谁。过了两天没有再来，他反而有一种纳闷的心理，不管有什么事，还要见到这个人才合适，见不着总要在心里怪闷得慌的。

这天章女士又来了，这回他们见着了。他一见这章女士，是一个椭圆的脸儿，两个大眼睛，长眼睫，显得眼睛有一种惺忪动人的样子。他们起始谈起来，他知道她叫章伟行，这是一个具有男性化的名字。

他道："您的名字很好，非常大方，不像一般女人的名字，专以美丽贞祥取名字，这是您自己起的吗？"

章伟行道："不，这是家父给起的。"

刘蔼龄道："您来了几次，都赶上我不在班，实在失迎得很。"

章伟行道："我在附近读书，所以每天总在这里经过。"

刘蔼龄道："是吗，您是在哪个学校？"

章伟行道："就在通明女中。"

刘蔼龄道："哦，我们倒是距离着很近，您府上呢？"

章伟行道："我家却离这里很远，在鼓楼后边住呢。"

刘蔼龄道："哦，那实在很远了，来往是多么辛苦呢。"

章伟行道："不，我坐电车，电车却是很便利的。"

刘蔼龄道："是的，坐电车正合适。那么您午饭也回家去吃吗？"

章伟行道："不，午饭有时在学校里吃，有时在附近的饭馆里去吃，这里饭馆很多不是吗？"

刘蔼龄道："是的，那么您这时是下课了来的吗？"

章伟行道："对啦，今天下课早一点儿。"

刘蔼龄道："那么您以前找我，为什么不在这个时候，而在午前呢？"

章伟行道："家里约束得很严，每天下课就很晚了，必须即刻就回家的，因为道路太远，到家里就黑了。所以我来找您，只能在上午下课后，到外边吃午饭的时候来找您，不然别的时间很少了。"

刘蔼龄道："怨不得呢，今天是因为下课早，是吗？"

章伟行道："对了，同时家里还叫我办一点儿事，可以回去晚一些。"

刘蔼龄道："您的家庭人很多吗？"

章伟行道："不，只有父母和一个弟弟。"

刘蔼龄道："那么您的父母对您很严肃吗？"

章伟行道："这不是严肃吧，这是爱护。"

刘蔼龄道："是，天下无不是的父母。父母对于子女，总是爱护的，虽然约束得有时过严。"

章伟行道："因为我的父母只有我和一个小弟弟，弟弟年纪太小，所以对我们的爱护，我们也非常听话。"刘蔼龄一听，这又是一个伟大的女性。

他又谈到别的，谈了一会儿，忽然章伟行看见刘蔼龄的桌上玻璃垫底下，压着一个纸条，上面写着"永远不再接近女人"，不由说道："怨不得刘先生不愿意见我。"

刘蔼龄道："没有不愿意见呀？"

章伟行道："您那不是写着永远不再接近女人吗?"

刘蔼龄一听，连忙用手遮住道："没有，这是朋友瞎写的。"章伟行笑了笑，也没言语。

两个人又谈些别的，章伟行要走，刘蔼龄道："我们一起走吧。"

章伟行道："您没事了吗?"

刘蔼龄道："没有事了，您回家吗?"

章伟行道："不，我还到东城有点事，就是取房租子去。"

刘蔼龄道："那么我可以同您一块儿走走吗?"

章伟行道："您没有事吗?"

刘蔼龄道："没有事。"

章伟行道："那么您就把您那座右铭打倒了。"说完她一笑。

刘蔼龄道："我同您一块儿走，就为证明那个不是我写的。"

说着他们便在西长安街上走起来，一边走一边谈。刘蔼龄问了问她的学校的情形，她说她还有一年就毕业了。刘蔼龄问她毕业后是不是打算升学，她说不一定，看家庭的情况而定。因为她父亲自事变后，失了职业，没有收入了，她毕业后也许做一点事。刘蔼龄觉得很可惜，但也不能说出来。

走了一会儿，不知不觉天就黑了，路灯也着了上来，刘蔼龄有些饿了，他道："我们一同吃饭去吧?"

章伟行道："那就太晚了。"

刘蔼龄道："反正已经晚了，您到家里，未必赶上饭了。"

章伟行答应了，他们便走到市场，在市场里找了一个饭馆，在一间清静的单间里坐了。两个人又谈到嗜好，奇怪两个人的嗜好也完全相同，都是喜欢音乐，并且对于音乐都有极深的研究。他们越谈越高兴，越谈越投缘，刘蔼龄又喜欢了。

吃完了饭，把家伙撤去，他们又喝着茶，章伟行拿着饭馆里的叫菜的便条在上面一篇一篇地写着字。刘蔼龄拿过来，也写了一个字。章伟行一看，是 kiss 一词。

章伟行笑道："我不认识英文，我是学法文的。"

刘蔼龄道："虽然是学法文的，但是能知道这是英文，想必一定认识这个词。"

章伟行道："我不认识。"

刘蔼龄道："我再写一个中医字。"

章伟行道："不必写了。"

刘蔼龄道："为什么呢？"

章伟行道："那多不好意思呢？"

刘蔼龄道："那有什么不好意思呢？"这简直有点无赖了。

章伟行却不说话，在纸上写了一句话，递给刘蔼龄。刘蔼龄一看，是"慢慢地说话"。刘蔼龄也写了一句，章伟行一看，是"慢慢地说话不行啊"。两个人全笑了。

章伟行道："我们走吧。"

刘蔼龄道："我们多谈谈不好吗？"

章伟行道："这里环境不太好，走着说话吧。"

刘蔼龄道："那么你不累吗？我们已经走了这些路。"

章伟行道："不累。"

刘蔼龄道："那么不晚吗？"

章伟行道："不晚，今天已经说好了，可以晚回去。"

刘蔼龄道："好，走吧。"

他们出了饭馆，走金鱼胡同，到了米市大街，又一直往北走，一边走一边谈。刘蔼龄问她为什么忽然想起找自己来，章伟行道：

"前几天读您一篇文章，非常好玩。说也奇怪，我好像起了那么一种幻想，所以我竟找您来了。"

刘蔼龄道："什么幻想呢?"

章伟行道："我不能说，我是那么一种幻想。"

刘蔼龄道："是不是幻想同我恋爱?"

章伟行笑道："哟，哪有那样的!"

刘蔼龄道："幻想怕什么的，我时常幻想。"

章伟行道："时常幻想同人谈恋爱吗?"

刘蔼龄道："对了。"

章伟行道："那幻想多没有意思呀?"

刘蔼龄道："理想是成功之母，所以幻想之后，就成了事实。"

章伟行道："没有那样事。假如都一幻想就能成为事实，那人们便全幻想起来了。"

刘蔼龄道："可是值得幻想才幻想，不值得幻想或是永远成为幻想的，那就不去幻想它了。"

章伟行道："不，我非得不能成为事实的，我才拿幻想补充它。"

刘蔼龄道："这种精神安慰法太无意思。"

章伟行道："我觉得能幻想才是伟大，才是纯洁。"

刘蔼龄道："假如您的幻想成了事实，或有成事实的机会，您怎么办呢?"

章伟行不言语了，忽然她说："您在那边等我，我在这里办一点事，您看见那汽车行没有，我到里边一会就出来。"

刘蔼龄道："好吧。"他站在一旁，看见章伟行进到汽车行里去了。等了一会儿，又见她走了出来，刘蔼龄道："租子取出来了吗?"

章伟行点了点头道："取来了。"

两个人又谈着，也不知是什么时候了。计算着时间已经不早了，他们仍旧走着谈，一直走到北京桥。

　　刘蔼龄道："我们从东单走到市场，由市场又走到这里，路是真不近。我是头一回走这么远的路，可是我并不觉得累。"

　　章伟行道："是的，我也不觉得累。"

　　刘蔼龄道："那么您还能走吗？"

　　章伟行道："能走。"

　　刘蔼龄道："那么我一直送您到家吧！"说着他们又走下来。

　　大概已经夜里十点后了，章伟行道："其实我可以住在亲戚家里，家里也知道。因为家里也说了，如果时候晚了，就可以住在我姑母家里了。"

　　刘蔼龄道："您姑母住在哪里？"

　　章伟行道："汽车行不是在六条口上吗，我姑母住在七条。"

　　刘蔼龄道："那么您回去这样晚，家里不说吗？"

　　章伟行道："今天可以不挨说。"

　　刘蔼龄道："怎么？"

　　章伟行道："因为我的事我办了。"

　　刘蔼龄道："天气这么冷，可是我都走得快出汗了。我们再放慢一些吧，越走越快。"

　　章伟行笑道："在学校时，她们都走不过我，我走路最快。"

　　刘蔼龄道："如果必要时，可以快走，我们现在不必要吧。"

　　章伟行道："可是我走走就快起来，不由自主的。"

　　他们说着，又到了鼓楼。刘蔼龄道："快到了吗？"

　　章伟行道："您不必送了，我一个人可以回去的。"

　　刘蔼龄道："不，我一定送到您的家。一来时间这样晚，二来您身上又带了许多钱，三来是我约您走的，不然您可以住在您的亲戚那里，这我负着责任很大，我非得送您到家不可。"

章伟行道："还有很远，快到城根了。"

刘蔼龄道："很远也得送，已经走了这么远，雇车也没有，您一个人走在黑胡同里，我都不放心的。"

说着他们又往北走下去，章伟行道："这多不好意思，叫您跑这远的路，怪累的。"

刘蔼龄道："虽然累，可是很兴奋，您好像给我一支兴奋剂。"

章伟行道："您真好。以前我看您的文字和所听到的传说，以为您是一个很滑的人，今天一见并不是那样。"

刘蔼龄道："大概传说的都是小姐们，她们最不能了解人。我是一个人道主义者，对于女性弱者，总是表同情的，因此也引起人的误会。"

章伟行道："所以仅在文字上，是不能看一个人的。"她说完，心里想着刘蔼龄是一个人道主义者，不觉更深一层了。

这时他们已经走了几条胡同，里面很黑，没有一个行人，家家都紧闭着门，真是寂静极了。刘蔼龄这时不由又动了他的爱情。

要知他要说了什么话，请看下回。

# 第四回　反　　转

　　刘蔼龄和章伟行并行在这黑静的巷里，两个人难免不想到一种刺激。一对黑暗中的伴侣，渐渐心情紧张起来。章伟行又想到在饭馆里，刘蔼龄写的那个字，她有点心跳。

　　这时刘蔼龄把手放在她的肩上，说道："冷吗？"

　　她似乎矜持不住，她不能说话，她只摇了摇头。刘蔼龄便用一只臂又围绕了她的肩背，她的头歪在他的胸前了。他便停住了脚步，把她抱在怀里说道："kiss。"她仰起头来，他在她那热的嘴唇上吻了下去。

　　完了，她道："你摸我的胸前，跳得厉害！"

　　刘蔼龄道："这是甜蜜的刺激，保管你睡在梦里都是跳动的。"

　　章伟行道："你呢？"

　　刘蔼龄道："我从这里再走回去，都不觉得累了。"

　　章伟行道："你能忘了我吗？"

　　刘蔼龄道："我永远忘不了你，永远纪念着我们这个初吻吧！"说着又抱着吻起来。

　　刘蔼龄道："我真不愿意离开你。"

　　章伟行道："我也这样感觉，可是我的家已经到了，拐了这个弯儿就到了。"

刘蔼龄道："那么我们多接几个吻吧。"说着，又接了几个吻，越吻越不愿意离开。

刘蔼龄道："你再回到你姑母家里去好不好？"

章伟行笑道："这时我姑母也睡了。"

刘蔼龄道："你有表哥吗？"

章伟行道："有。"刘蔼龄立刻离开了她。

她道："怎么了？"

刘蔼龄道："我不愿意和有表哥的人恋爱。"

她笑了，说道："我的表哥已经结婚了，况且他不在这里，他比你年岁还大。"

刘蔼龄一听，又欢喜了，立刻说道："你真爱我一个人吗？"

章伟行道："我还有一个二表哥。"

刘蔼龄一听她还有二表哥，又怔住了，他道："你二表哥没有在外面吗？"

章伟行道："没有。"

刘蔼龄道："那么……"

章伟行道："他已经死去七八年了，得肺病死的。"

刘蔼龄又笑道："死了你还说什么？"

章伟行道："我三表哥身体最好，年纪也轻，才比我大一岁。"

刘蔼龄道："才比你大一岁吗？"

章伟行道："对啦，他还会好多玩意儿。"

刘蔼龄道："那么你很爱他吗？"

章伟行道："可惜他是个跛子。"

刘蔼龄抱住了她道："你是故意同我开玩笑。小鬼，你还有个四

88

表哥，跟你同岁，挺美，可是瞎子，对不对？你是故意捉弄我！"说着抱了她吻。

章伟行道："我该进家门了，明天再见吧。"

刘蔼龄道："明天你能找我去吗？"

章伟行道："也许能够去，可是在中午的时候。"

刘蔼龄道："好吧，明天见。"

他们分别了，刘蔼龄一直看她到了家门口，这才转身回去。又一直走到大街，才遇见一辆车，坐回家去了。这累是以前未曾有过的，这兴奋也是以前没有过的。

第二天，他老早到了班上，看见桌上玻璃垫底下的纸条，在那"永远不再接近女人"字底下，被别人画了一个问号，也不知是谁画的。他笑了笑，把那纸条拿出来，斯得粉碎。

这时有个同事走进来，笑道：'怎么样？昨天上哪儿去了？"

刘蔼龄一看，是钱耀轩，便道："各回各家了。"

钱耀轩笑道："昨天你们在这儿谈天，我们都没敢过来，怕打扰你们。怎么样，听你们谈得那么亲密，kiss 没有？"

刘蔼龄道："别瞎说了，哪有头天见面就 kiss 的？你真是瞎说一阵。"

钱耀轩道："你别来这一套了，谁不知道你最爱女人。"

刘蔼龄道："那也不能说一见面就爱。"

钱耀轩道："你不是说永远不接近女人吗？怎么又接近女人，而且还谈得那么高兴呢？那个纸条儿也没了吗，你说你呀，说了不算，真没出息。"

刘蔼龄笑道："那不许我反转吗？"

钱耀轩道："对，你总有你的说的。"

两个人说着，章伟行来了。这回她是直接进到办公室里的，因为刘蔼龄昨天这样告诉她了。

章伟行进来，刘蔼龄便给他们介绍道："这位是我的同事钱耀轩先生，这是章伟行小姐。"

钱耀轩连忙张罗茶水，比刘蔼龄招待得还殷勤，又叫听差去买水果什么的。他们谈了一会儿，钱耀轩出去了，刘蔼龄便把她抱在怀里道："我一见你就恨不得吻你才好。"

章伟行道："好好说话，何必这样抱着，叫人家看见多不好。"

刘蔼龄道："没关系，他们不会看见。"

章伟行道："明天我到你家去好不？"

刘蔼龄道："欢迎极了，明天可以回去晚吗？"

章伟行道："不，明天下午我们没有课。"

刘蔼龄道："那太好了，明天我一定在家等你吃午饭。"

章伟行道："你不来办公吗？"

刘蔼龄道："明天我可以一清早来。"

他们商议好了，钱耀轩又进来，大家谈了会子，章伟行道："我该上课去了，打扰，明天见！"说着走了出去。

刘蔼龄和钱耀轩都送到门口儿，又走回来。

钱耀轩道："章女士真不坏，我很喜欢她。"

刘蔼龄笑道："你想进攻吗？"

钱耀轩道："可是她是你的。"

刘蔼龄道："她现在还不属于我，我也觉得她很可爱。"

钱耀轩道："你有那么多呢。"

刘蔼龄道："哪多呀？你别瞎说了，如果你愿意爱她，也没有关系，你不能说我有好多。我若是有一个爱的女人，我也不会写那个条儿了。"

钱耀轩道："怎么你给我介绍成不成呢?"

刘蔼龄道："明天我再给你找一个好不好?"

钱耀轩道："不好,我就喜欢她。"

刘蔼龄道："你这人真死心眼。"

钱耀轩道："我这人就这么死心眼。"

刘蔼龄道："慢慢地,别忙!"

他这是随便敷衍他的话,可是钱耀轩却当作真话,便等刘蔼龄的介绍,而且对章伟行的印象也越来越深起来,再也去不掉了。

第二天,刘蔼龄一清早跑到报馆办公,到了中午马上跑回家去。他先在饭馆里叫了饭菜,等到章伟行来了,饭菜也随着来了。他们一起吃着饭,吃完了饭,伙计取走了家伙,他们静静地在屋里谈天。刘蔼龄又抱了她,他们便毫无顾忌地恣意吻着。

章伟行道："你快乐吗?"

刘蔼龄道："快乐,快乐极了。"

章伟行道："那么你冲动不冲动呢?"

刘蔼龄道："谁说不冲动呢,你呢?"

章伟行道："那么我们就别这样了。"

刘蔼龄道："怎么?"

章伟行道："都冲动多么不好呀!"

刘蔼龄道："有什么不好,我们这样可以得到快乐。"

章伟行道："那你不感到一种控制的痛苦吗?"

刘蔼龄道："当然,可是我这种控制是为了你,所以虽痛苦也还是能忍受,但是你应当更爱我呀!"

章伟行道："假如控制不了怎么办呢?"

刘蔼龄道："你说怎么办？"

章伟行道："我问你，你是主张灵的，还是主张肉的？"

刘蔼龄道："我呀，主张灵肉一致。"

章伟行道："我们还是不谈这些吧，叫我离开你，我们谈一点别的。"

刘蔼龄道："不，这个时候已经谈到这个问题，就应当把这个问题解决了之后，再谈别的。"

章伟行道："这个问题已经解决了。"

刘蔼龄道："没有呢。"

章伟行道："我们的意见不是一致了吗？"

刘蔼龄一听，不由惊喜道："真的吗，那么……"说着，他一边解她的衣服的扣子，等到她知觉了，衣服已经全被解开了。他们就像电击战那样地攻到爱之顶点，他们获得人生最大的愉快。就是他们自己也没有想到竟这么快地爱到这种程度。他们热烈得可以焚烧了全身，他们恋爱着竟不愿意分开一会儿。他们偎着，谈着，唱着，不知不觉半天便耗过去了。他们都觉得时间过得太快了，章伟行因为回家晚了不成，在难舍难分的情绪下，还是得分离。

刘蔼龄又送她回家，他道："你看，我们只能甜蜜这么一会儿工夫，明天又只能见一面就完了，多么叫人着急！"

章伟行道："以后就好了，以后我打算住校，如果住校的时候，我不回家了，我们便可以多玩一会儿。"

刘蔼龄道："那好极了，你应当早搬到学校去。这么冷的天气，若是刮起大风，你来往地回家上学，多么受罪呢。"

章伟行道："我也是这样想，不过家里总不放心我住校。又因家里的事，全得我来主持，同时我住校，就得拿伙食费，家里又不给，我没有搬进去，就是这个缘故。"

刘蔼龄道："我给你拿伙食费不好吗？"

章伟行笑道："那如何能成？家里若是问我，伙食费从哪里来的，我怎么回答呢？"

刘蔼龄道："你不会说这是稿费所得吗？真的，你以后可以多写一点儿稿子，也就可以帮助你的教育费了，一点儿也不必用你家里的，你家里也就愿意了。"

章伟行道："我也打算这样，可是没把握，慢慢再说吧。"

刘蔼龄道："别慢慢再说，干脆点儿，明天就搬来。"

章伟行道："那怎么能够成呢？"

刘蔼龄道："有什么不成？有什么用的自管找我，我一定帮忙。"

章伟行道："谢谢你的好意，不过我暂时不必用你帮忙，家里还能供我读书，只不过不愿意我多消费就是了。我最近有个家馆，别人正给我介绍，如果这个成功，我自然就不用家里钱了。这两天我正在给我母亲忙着做衣服，等把这衣服做得了，我就可以无后顾之忧了。"

刘蔼龄道："你真是一个孝女。你赶快做完了衣服，马上搬到学校，一边教馆，一边写稿子。再不够，我可以帮忙。"

章伟行道："将来再说吧，这几天你先别给我写信，因为我不在家里，家里便拆我的信的。"

刘蔼龄道："好吧，但是你得常找我来。"

章伟行道："我一定常找你，常给你写信，一天给你写一封信，就成了吧？别着急，亲爱的!"刘蔼龄抱了她便吻。这一天他们分别了。

第二天刘蔼龄上班，见了钱耀轩。钱耀轩又问他道："怎么样了，你给进行没有？"

刘蔼龄真是为难极了，自己的爱人，偏要介绍给他，真难办。看样子钱耀轩还是急茬儿，不答应是不合适，可是答应了，自己怎么办呢？把爱人送给别人，这滋味多么难受。他只得应付道："好，好，你别忙，我还没见着她呢。"

其实他若是完全拒绝了也倒好了，他这么一敷衍，以为钱耀轩日子一久，也就渐渐把这个茬儿忘掉了，至少可以把对于章伟行的印象淡了下去，或者有了别的女人，可以介绍给他。谁知钱耀轩是死心眼儿，他是对章伟行越想越爱，越爱越想，这个印象是只有加深，没有减淡。越是刘蔼龄支吾他，他越觉得章伟行神秘，他更逼着刘蔼龄给说合了。刘蔼龄一想，这简直是没影儿的事，即或自己逼得无可奈何，可是章伟行也得干哪？他简直为了这事发起闷愁来。

过了两天，他接到一封章伟行寄来的信。他连忙拆开一看，上面写着："蔼龄，爱我的哥哥。我现在已经搬到学校里来了。天气是这样的寒冷，同学得感冒的很多，我已经患过去了，希望你多保重身体。这星期日是腊八吧，因为是我办伙食，大概不能回家。中午后，我也许能找你去。又写了两篇稿子，希望你给改一下再刊出来。我们又新装了一个学生电话，西局三五四八，如给我打电话，最好在三点半以后，六点半以前。再谈吧，爱我的龄哥，你永远纪念着我吧，永远爱我呀！"刘蔼龄在她的签名上吻了好几遍。

到了下午三点半以后，他便给她打电话，问她进到学校的情形，她说："一切都还好，不过刚刚搬来，总觉另有一种凄凉味道似的。"

刘蔼龄道："这不要紧，惯了就好了。你若是寂寞的时候，你就想着我，就不寂寞了。哪天找我来呢？"

章伟行道："现在不敢说，等我给你写信吧，现在学校严着呢。"

刘蔼龄道："那么就给我写信吧，一写信就不寂寞了。亲爱的，在电话里叫我一声吧!"

章伟行笑道："讨厌，再谈吧!"他们把耳机挂上。

第二天晚上，刘蔼龄便又接到章伟行的一封信，打开一片，上面写着：

　　蔼龄，爱我的人! 不知为什么，今天我很烦。接你电话后，使我不知起了什么感触，回宿舍后便躺着，一直到上自习。同学都以为我又想家了，都在安慰我，而实际我并不是想家。因为身体的不舒服，又接到你的电话，我在想念着我的爱人啊! 你能想到吗? 你是否也照我这样，我真对你不放心，可是我又有什么法子呢? 爱我不爱我，就在于你了。我是永远想着你的，你的笑容，永远盘绕在我的脑际。在自习时，训育先生又给了我一个大的打击，使我终于睡在被中哭了。训育这样告诉我们：第一件，除去家长送东西外，一概不准接见朋友；第二件，除有要事通电话，告诉训育外，没有事绝对不许通话；第三，少写信，除有正经事外，无事少来往信。龄哥，我们似乎比在家时更不方便了，更不自由了。这又没有办法的。愿你以后没什么事不必给我打电话，我呢可以常给你写信，因为我可以托走读学生代发的。同时，每到星期六或礼拜日，我可以去看你，对你并没什么关系，只是我这一方面不方便些。只要你能真实地永远爱我，虽不能常通信，但亦会使我安心的。龄，我希望你不要使我担心着。星期六下午三点我去看你，请你在报社等我。

刘蔼龄看完了信，放在抽屉里。礼拜六他来到报馆，刚进门口，听差就说："方才有位小姐来找你，刚走不大工夫，您要是追还能追得上。"

刘蔼龄一听，十分后悔，连忙跑出来追。一直追到她的学校，也没追上。他一问学校门房，说："我给您找一找去。"门房进到里面去了，转了许久才出来说："她出去了，还没回来。"

刘蔼龄一听，只得回去。刚要转身往出走，章伟行却由外边走进来，见了他说道："我找你去了。"

刘蔼龄道："我知道，我到报馆说你刚走，所以我追来了。"

章伟行道："我到商店买点东西，所以回来晚了，到接待室去吧。"于是把刘蔼龄让到接待室。

接待室里一个人没有，因为礼拜六下午没课，大部分学生全部出去了。他们谈着话，章伟行告诉他搬到学校后的情形。刘蔼龄鼓励她一番，然后说道："我最近要离开北京一次。"

章伟行惊道："啊！"

刘蔼龄道："我去一个月就回来，乖乖，一个月你都等不了吗？"

章伟行道："哦，一个月呀，上哪儿去呀？"

刘蔼龄道："出国观光。在我走的时候，你如果有什么需要，可以同钱耀轩去说。我已经向钱耀轩说了，让他关照你。"

章伟行道："我无须乎用人关照。"

刘蔼龄道："我告诉你一件怪事。"

章伟行道："什么事？"

刘蔼龄道："钱耀轩一死儿地叫我把你介绍给他。"

章伟行道："你怎么答复他的？"

刘蔼龄道："我没有答复他，不过他若是找你来，你敷衍他好了。”

章伟行道：“我不会敷衍人，如果你不爱我，你就不必管我了，你这是想乘这个机会摆脱不是？”

刘蔼龄发誓道：“我绝没有这种意思，小乖，你若是爱我，你就别叫我得罪朋友，好吧，我们不谈这个了。”

他们又谈了些别的话，章伟行问他哪天走，他说大概下礼拜。章伟行道：“假如我们正上课，可不能送你去。”

刘蔼龄道：“你不必去了，送的人很多，别耽误你的功课。”说着他便离了学校，回到报馆。

钱耀轩见了他，问道：“怎么样，你就要走了，章女士还不给介绍吗？”

刘蔼龄道：“你真爱她吗？”

钱耀轩道：“你瞧，我还跟你说瞎话吗？要不是真爱她，我还不这样逼着你。真的，你是有诚意没有？”

刘蔼龄一听，十分难过，因为假如不是钱耀轩当真爱她，这倒好办了。这一真爱她，自己反倒为难。章伟行是很可爱，假如自己不爱章伟行也倒罢了，又偏偏自己也爱她。钱耀轩是自己的好朋友，他这样热诚地表示需要章伟行，如果自己还支吾，实在显着自己太小气了。他鉴于钱耀轩的诚意，感到钱耀轩的需要是比自己还要确切，钱耀轩是个还没有结婚的青年，不但没有结婚，而且还没有过爱人，钱耀轩是一个富于感情的人，又直爽又热心。刘蔼龄一见，不忍再支吾他，不过他想章伟行又未必愿意。趁着他这回走，倒是一个好机会，可是自己却怪难受的。想了想，说道：“好吧，你可以在我走以后去找她。话我已经向她说了，自然她不好意思立刻答应。不过你若常找她去，自然就可以转换目标。我已经同她说了若是有什么需要可以找钱耀轩，我已经托他关照你了。她自然不好直接找你来，但是你可以找她去。至于以后怎样做法，就看你自己的了。师傅领进门，修行在个人。"说着便握了钱耀轩的手道："祝你成功！"

钱耀轩见他这样大方，也着实感激。他道："我怎样地谢你呢，那么等回来了，我再请客吧！"

刘蔼龄道："回来的时候，希望是你们两个人接我。"说着，刘蔼龄便准备走的行装。他心里没有忘了章伟行，人是感情动物，哪能好好的爱人就送给别人呢？他心里怪难过的，若不是他这次有走的机会，他真是寂寞得要死了。到了外国也没有一天忘掉章伟行的影子。

回来之后，他就听说钱耀轩和章伟行的感情很好，时常来往，他真是说不出的滋味。可是他不愿意因为自己而影响他们的感情，所以自己只好退到一边。而章伟行也不再给他写信，他又过起寂寞的生活。

他给黎滨写了一封信，黎滨没有理他。周兰是走了，走到什么地方，她也没有来信。白薇是享受着家庭幸福，也没有消息了。他又想起柳燕，还是给柳燕写封信吧，虽然她总骂自己，可是也只有她是解人。柳燕曾经写信说自己坏，问她既然知道我坏，为什么还给我信，她却回答说："唯有坏人才能解人。"是的，她也是解人，她是女人中最坏的一个，可是自己始终没有忘了她，他便给她写了一封信。

寄去了两天，果然接到她的回信。说真没想到会接到他的信，并且说她现在患病，打算最近到协和医院去割盲肠。最后她又说："我近来心地平和多了，待人接物都非常平和。"

刘蔼龄看了信，不由笑道："这位小姐，真善于作伪。"又给她写了回信。从此，两个人又通起信来。

　　写着写着，他们又谈到恋爱问题，柳燕又问他为什么不爱黎滨了。刘蔼龄一听她提到黎滨，他就生气，这完全是她给破坏的。假如没有周兰，真不知给他多大痛苦。他给柳燕写回信说："我之失恋于黎滨，就是完全为了您。"

　　发了这封信以后，他以为柳燕接到这封信要生气的。谁知柳燕并没有生气，仍是很平和地给他来信。他不由自言自语地道："这位小姐，不知是真的改了脾气还是故意做作，假如是故意做作，那么更世故了。"他给柳燕写了回信，在信的末尾，大胆地写了一句"我爱你！"柳燕的回信仍然是捉摸不出她的情绪，还是那么平和地谈谈文学问题，爱的一字根本不谈。他简直不知道柳燕到底是怎么一回事。她若是骂自己是女性公敌，她可以不理自己，但是她对自己又那样平和易近。可爱的姑娘，她是那么叫人想，于是又和她通起信来。

　　这天他给柳燕写了一封信，放在桌上，正要下班后自己带到街上去发。这时忽然电话铃声响，他走过去接，正是找自己的，而且是女人的声音。

　　他道："我就是刘蔼龄，您贵姓？"

　　电话里说道："喂，我姓王。我想到您那里去谈，您有空吗？"

　　刘蔼龄道："欢迎，什么时候来呢？"

　　电话里道："我们现在在学校呢，现在就可以吗？"

　　刘蔼龄道："您的学校在哪儿？"

　　电话里道："在后门外头。"

　　刘蔼龄一算，由后门到这里需要一个钟头的工夫。他还没有说话，电话里又说："我们是骑着车的，有一刻钟就可以到了。"

刘蔼龄道："好吧，我在这里等着您。"把耳机挂上，便等着那位不速之客。

等人就怕没有事做，光等着人是怪着急的。等了半天，一看钟才过了十分，又等了许久，过了十五分钟了，想着女人骑车，也得半个钟头吧，又再等着。又等了半个钟头，仍是没有来。他把听差叫了进来，他怕听差的以为自己走了，把人家拦回去。听差一说，才知道还没有来。他很奇怪，为什么小姐们说话就这样没有信用。他要走，可是又怕自己失信用，索性多等一等吧。在良心上失信之罪总不在自己的。

他又等了一会儿，听差走进来道："刘先生，有两位女士来找。"说着他已经给引了进来。因为听差知道他在等着，非常着急，所以直接把她们引进来。

刘蔼龄连忙让座，他一看，一个是身高些的，一个是身矮些的，那身矮些的两只大眼睛显得非常精神。她们一边喘息着一边说："真对不住，我们本来是打完电话就骑车出来，谁知走到景山，遇到戒严，等了很久，我们怕您走了，所以急忙地跑来了，我们两个赛着来的。"说完两个人全笑起来了。

刘蔼龄这才知道她们迟到的原因，问道："哪位是王小姐？"

那身矮些的笑道："我还忘了介绍，这位是高小姐，您就是刘先生吗？我们还不知道是不是，就说开了。"说着她们又笑起来。

刘蔼龄一看，她们都很天真活泼的。刘蔼龄也笑道："我也忘记介绍我自己了，我叫刘蔼龄，北京人氏，生来家大业大，骡马成群……"他们都笑了起来。

刘蔼龄道："我能够知道你们二位的大名吗？"

那王小姐道:"您在编稿子的时候,不是常发表一个署名香柳的吗?"

刘蔼龄道:"就是您吗?"

王香柳道:"是的,您多指教!"

刘蔼龄道:"久仰久仰,今日得见,真乃三生有幸。"

王香柳道:"不敢当,您多指教!"

刘蔼龄道:"您二位同班吗?"

王香柳道:"是的,我们俩是最好的朋友,一时也离不开,就是我访朋友,都得她来跟着。"说着她们又笑了,她们好像完全没有离开天真。她们又说:"我们同学,差不多都知道刘先生,说刘先生的朋友很多。是吗?我想一定不少的。"

刘蔼龄道:"没有许多,只有一两个人,但这两个人都离我而去了。"

王香柳道:"为什么要离开您呢,大概你手段没有使好吧?"她们又笑。

刘蔼龄道:"不,我是没有手段。如果使手段,倒许她们不离开我。因为我不使手段,不愿意使手段,也根本不会使手段,所以她们才离我而去。到现在我相信朋友相处,原来必须使手段,可是我现在虽然明白,但是我再交朋友,仍然是不会使手段的。"

王香柳道:"我就不懂得什么叫手段,我们没有见刘先生之前,以为刘先生一定是个滑头,可是今天看并不然。"

刘蔼龄道:"您的同学们对我也都是这印象吗?"

王香柳道:"是的,她们都说刘先生坏极了。"她说完,那高小姐却瞪了她一眼,她连忙笑道:"这是她们这样说,不是我这样说的,我是学她们嘛。"

刘蔼龄笑道："没有关系，就是您这样说也没有关系。只要见了我就改了这个印象，那还是我的知己。我就奇怪，她们并没有见过我，就都说我不好，这是什么缘故呢？"

王香柳道："她们都是听着传说，越传越深，所以大家都知道刘先生那什么了。"这回她没有说出来，可是她却忍不住笑了。

刘蔼龄道："请你们二位小姐回到学校替我辟谣，我并不像传说那样的坏。"

王香柳道："哼，谁敢提呀？谁平常要是给谁说一句好话，得了，大家就喧腾起来，愣说谁跟谁好了，胡造谣言。"

刘蔼龄道："朋友间还胡造谣言，何况不认识的人呢。不过她们为什么这样看我，确使我纳闷。其实我并没负她们，都是她们负我呀！"

王香柳道："这也许是你的职业的关系。许多人一提起新闻记者来，都怕得要命，以为新闻记者简直惹不得的，所以她们对你也就害怕起来。"

刘蔼龄道："这也许吧，不过以后能够有机会的话，还请二位替我辩白几句。反正日久见人心，我自己没有负过人的。"

王香柳道："是的，我们相信以后更能认识刘先生清楚些。现在我问刘先生一个问题。"

刘蔼龄道："什么问题？"

王香柳道："男女之间，有没有一见面就有爱情的？"

刘蔼龄一听，她居然问起这个问题，这位小姐大概是恋爱大家。他道："有是有的，不过在未认识之前，必相互或对一方知道一些。"

王香柳道："假如并不知道谁，只是偶然碰见了，谁也不认识谁，就能有爱情吗？"

刘蔼龄道："这个，也许有吧。可是我没有经历过，我不能正式答复。"

王香柳道："假如有这事实的话，刘先生对于他们是什么评价呢？"

刘蔼龄道："简直我没法儿评价，恋爱这个问题非常复杂，我又不是很有研究的，所以无法评价。"

王香柳道："听说刘先生是很有经验，很有研究的。"

刘蔼龄道："我没有研究，我若有研究，我就不会失败了。"

王香柳道："那么刘先生对于恋爱取什么态度？"

刘蔼龄道："我对于恋爱，我主张是自然的。"

王香柳道："那么是不是要专一呢？"

刘蔼龄道："当然要专一，可是必须双方都专一才成。有许多女人都喜欢男人对她专一，而她却爱着好些个男人，那么再叫男人向她专一，当然不可能了。因为这种不可能，于是她就说男人都不忠实。"

王香柳道："女人也不全这样。"

刘蔼龄道："也许吧，可是我所遇到的全都是这样，以后或者不然了。王小姐大概就不是这样。"他说完笑了，王香柳也笑了。

在他们说话之间，那位高小姐始终没有言语，总是笑，显得她是那么温柔娴静，刘蔼龄非常爱她。

他们谈了很久，天已经晚了，刘蔼龄道："我们到公园散步去吧？"

她们立刻答应，同刘蔼龄到公园去了。王香柳道："您看我们拿着书包逛公园，多么不顺眼呢。"

刘蔼龄道："那有什么呢？公园不是娱乐场所，正应当是课外散

103

步的地方。"

王香柳道："虽然那么说，可是拿着书包的，也就是我们两个人。"

刘蔼龄道："那么我给你们拿着。"

她们都笑道："不敢当。"

他们由前边往后边走，走到河沿地方，高小姐要从后门出去，她说她的家离此不远，并且也该回去了，回去晚就要挨说的。刘蔼龄留她不住，也就只好叫她去了。

他又同王香柳往回走，王香柳道："您会唱歌吗?"

刘蔼龄觉得她太活泼了，说话大概是顺口而出，不假思索的。他道："会一点儿。"

王香柳道："会《定情歌》吗?"

刘蔼龄道："不会，您唱一个。"

王香柳道："我不唱。"

刘蔼龄道："为什么不唱呢?"

王香柳道："把头句跳过去我就唱。"

刘蔼龄道："那还唱的什么意思，头两句是什么呢?"

王香柳道："头两句我也不记得了。"说着，她就笑，把她的书包绕着身体甩着。

刘蔼龄道："那么再唱一个别的歌。"

王香柳道："明天我把《定情歌》的歌词抄给您吧，您要不要?"

刘蔼龄道："要，请您教给我。"

王香柳道："我可唱不好呀。"

刘蔼龄道："只要会就得。"

王香柳道："您会什么?"

刘蔼龄道："我会唱《叫我如何不想她》。"

王香柳笑道："不想谁呢?"

刘蔼龄道："我也不知道。"

他们这样谈着，又绕到前边来。刘蔼龄看见一个信筒子，忽然想起兜里装着的信来，说道："呀，我的信几乎忘了发。"说着，把信掏了出来，方要往信筒里放，王香柳却跟过来，看见信皮上的字，说道："我知道您想谁了。"

刘蔼龄道："知道我想谁?"

王香柳道："想柳燕。"

刘蔼龄把信装入信筒里道："认识柳燕吗?"

王香柳道："认识。"

刘蔼龄道："她是什么样儿?"

王香柳道："她是很好看的一个人。"刘蔼龄笑了。

这时他们又走出大门，王香柳道："哎呀，都这么黑了。"

刘蔼龄道："我送您回去吧?"

王香柳道："留着送柳燕吧。喂，我还有话，明天写信给您吧。您也给我写信呀，寄到学校去。"刘蔼龄答应着，他们分别了，王香柳雇洋车往东去了。

第二天晚上，刘蔼龄到报馆去发稿，忽然接到王香柳一个电话，约他到公园去谈。他道："太晚了吧，公园里边恐怕没有人了，我们在大街上走走也好吧?"

王香柳道："那么我们在哪里见呢?"

刘蔼龄道："您在哪里打电话呢?"

王香柳道："我就在公园这里。"

刘蔼龄想了想道："这样，您在公园门前的电车站等我吧，我现在就去，十分钟就可以到那里。"

王香柳道："好吧。"

把耳机子挂上，刘蔼龄便走了出来。恰巧有辆电车来了，他上了电车，还不到十分钟便到了公园门前电车站。王香柳正在那里等着。他们见了面，便一同往东走着。

刘蔼龄道："我们走进天安门，由东边那个门出去到东华门，好不好？"

王香柳答应着，他们进了天安门。那里一片漆黑，一点灯亮也没有。故宫的宫门，高入黑宫，显得特别恐怖。

刘蔼龄道："午门前是杀人的地方，从前在这里不知杀过多少人。记得有一次土匪被追，无法逃脱，自杀在这个地方。前边的筒子河也时常有淹死的自尽者，你看这一片树林也时常吊死过人。"

王香柳一听，不由害怕起来，倚在了刘蔼龄的怀里，说道："这里怎么没有人走路，真奇怪，平常拉车的都爱从这条路走。"

刘蔼龄道："这条路没有灯，可不是谁也不走这里。"

他们说着，却走到了东门，那里一看，才知东门是锁着的，怨不得没有人走呢。原来这个门口夜里就锁上，他们只好又往回走。王香柳挨着刘蔼龄更紧了。刘蔼龄这时有一种说不出来的甜蜜，他真愿意在这里盘桓一夜。

走到天安门洞，那真是黑得出手不见掌。刘蔼龄抱了她道："给我唱《定情歌》。"

王香柳道："我不是告诉您，头两句忘了吗。"

刘蔼龄道："我记得。"

王香柳道："是什么？"

刘蔼龄道："我爱你。"

她笑道："讨厌，你会你还要问我！"说着拿了拳头轻轻地打了他一下。

刘蔼龄把她抱住道："你教给我唱。"

王香柳道："这怎么教呢？"

刘蔼龄道："很容易，只要你的嘴和我的嘴一挨，我就会了。"

王香柳笑道："我不会教。"

刘蔼龄道："可是我会学。"说着，便和她接起吻来，真甜，吻了许久。

刘蔼龄道："我会了，你不信我给你唱。"

王香柳道："我知道你早就会了，我们快走吧，要不然有人来了，说我们在这里干什么呢。"

刘蔼龄道："我们告诉他，我们接吻呢。"

王香柳笑道："讨厌，怨不得人家都说你不老实，果然你不老实。"

刘蔼龄道："我真不老实吗？"

王香柳道："你又老实又不老实，其实你是老实的，可是你一到爱情上，便这么大胆了。"

刘蔼龄道："爱情是需要勇气鼓励的。"

说着，他们走出天安门，一边往东走，一边谈天。王香柳道："你吻过多少女人？"

刘蔼龄道："我只吻过一个。"

王香柳道："谁呢，柳燕对不对？"

刘蔼龄道："不，有个柳字，柳字在下面。"

王香柳道："我不信，你没有吻过别人？"

刘蔼龄道："我没有吻过别人，都是别人吻我。"

王香柳笑道："别人吻你就不是你吻人家了?"

刘蔼龄道："你和几个人接过吻?"

王香柳道："多了，数不过来，你信不信?"

刘蔼龄道："我信。"

王香柳道："讨厌，不准你信。"

刘蔼龄道："信还不准吗?"

王香柳道："根本我是说着玩。"

刘蔼龄道："我知道你是很诚实的。"

王香柳笑道："讨厌，我不跟你好了。"

刘蔼龄道："那么我问你，你说实话，你这是第几次吻?"

王香柳道："我说实话，这是第二次，第一次是昨天夜里，我在梦里和你接过吻了。"

刘蔼龄道："怨不得你一点不外行。"王香柳又打了他一下。

他们就这样走着，刘蔼龄一直把王香柳送到家，他才回去。

临别的时候，王香柳道："回去就给我写信，我也写，须彼此都写。"刘蔼龄答应了，分别了。回到报馆又发稿子，发完稿子，又写了一封信，交给信差，第二天早晨发。

第二天的早晨，接到王香柳的信，同时还接到柳燕的一封信。王香柳的信上说："蔼龄，你是这样大胆而又富于热情的人，我见了你一次面之后，我就不愿意离开你了，你真使人爱。昨天我回去晚了，家里问我，我却撒了一个谎，为了你而撒谎，你知道吗? 明天上我家里来玩吗? 星期六的上午，我没有课。如果你若来我家里，最好在上午八点以后，十点以前，因为到八点我父亲同哥哥一起上班去，我的母亲在十点以后才能起来。你在八点到十点这时候来找我，是最清静的时候，我可以陪你玩一会儿，你明白，千万要留意时间。来吧，我的爱，我一定等着你。"

刘蔼龄吻了信一下，又拆看柳燕的信，只见柳燕的信说："刘先生，我现在住在协和医院，大夫已经施手术，把盲肠割下。这两天我辗转床笫间，非常苦闷。但我又想到人生这样甘来苦去，为了什么呢？那追求恋爱的人，和已经得到爱的人，他们又觉得怎样快乐呢？我真纳闷，人生这样短促，还要把半生光阴放在追求恋爱上面，即或得到了，又有什么用处呢？我以为男女的爱情，应当维持平淡如水，得到了快乐而不妨害了事业前途，这才是有益的。您以为对吗？我近来越发平静，我对于向我追求而来的人们，真要感到厌倦，不如找二三知己，在一起清谈消遣世虑来得快活呢。我大概在院中要住十几天，暂时还不能出院，等到出院以后，我们再一块儿玩玩吧！"

刘蔼龄一看，真是欢喜不尽，觉得柳燕的态度不像以前傲然酸然的样子，她真平和得多了，大概是她在病中，所以说了老实话。或者她病中寂寞，骗我去安慰她，或者她为表示她男朋友。可是看她的信，的确又是发自肺腑的话，不像没有感情说出的话。他看了又看，到底觉得柳燕有那么一种魔力，使得自己爱她。他不由把信拿起来吻了一下，全放在抽屉里，没有写回信。

第二天，他一清早起来，看过了八点，便一直到王香柳家去了。到门口一按铃，老妈子走出来问他，他心里直跳，告诉她说找小姐。

老妈子道："您贵姓？"

刘蔼龄道："我姓刘。"

老妈子道："您请进来吧！"

刘蔼龄知道王香柳已经告诉过老妈子。他走了进来，请到客厅，请他坐，她去了一会儿，王香柳进来了，说道："你真不失约。"

刘蔼龄道："小姐的约会，哪有敢失约的道理。"

王香柳道："你从家里来吗？"

刘蔼龄道："是的，你刚起吗？"

王香柳道："起来一会儿了。"

刘蔼龄道："那窗外的女人是谁？"

王香柳道："我嫂嫂。"

刘蔼龄道："她不管你吗？"

王香柳道："她管我好。"

刘蔼龄道："那么你管她？"

王香柳道："我也不管她。我们两个感情好极了，她最让着我。"

刘蔼龄道："那实在对你太便利了，你母亲呢？"

王香柳道："还睡着，昨天三点钟才睡。"

刘蔼龄道："每天如此吗？"

王香柳道："差不多，你这里坐，我给你端茶去。"

刘蔼龄道："你先等等。"

王香柳道："干什么？"

刘蔼龄道："你的卧室在哪儿？到你卧室谈去吧，省得你一趟一趟地端茶。"

王香柳道："我的卧室挺乱，还没整理。"

刘蔼龄道："怕什么，我去给小姐铺床叠被去。"

王香柳道："用不着你。"

刘蔼龄仍是要求到她绣房去看，她只得带他去了。她道："你得小声些，因为我的屋子离我母亲的屋子很近。"

刘蔼龄道："我知道。"说着，同王香柳走到她屋里来。这时老

110

妈子已经收拾干净，屋里很艺术，而一阵阵地有一股香味往鼻子里钻。

刘蔼龄道："这屋里的味跟你脸蛋儿上的味一个样。"

王香柳道："去吧，什么味也没有。"

刘蔼龄道："我专爱闻小姐的被子，尤其早晨还没有叠起来，犹带余温的被子，真是好闻极了。"

王香柳道："讨厌，我不准你说这个。"

刘蔼龄道："你准我说什么，我教给你唱歌吧？"

王香柳道："你是成心怎么着？到这屋里来，就不准说话。"

刘蔼龄道："那么我干吗来了？"

王香柳道："你来挨骂来了。"

刘蔼龄道："好吧，那我就得兴挨几句骂。"说着，便躺在她的床上。

王香柳道："你起来，我跟你说话。"

刘蔼龄道："我们躺着说。"

王香柳道："你来，我给你看点儿东西。"

刘蔼龄道："什么东西？"

王香柳道："你这儿来看。"说着，由抽屉里拿出许多厚本子来。

刘蔼龄起来走过来，道："相片本子，我看看。"说着，便一页页地翻着看。里面差不多都是王香柳的相片，各种姿势，各种背景，也有同别人一块儿照的，也有同学赠给她的。

刘蔼龄道："这个男的是谁？"

王香柳道："表哥。"

刘蔼龄一听，一皱眉头，说道："我就不爱有表哥这句话。"

王香柳道："为什么呢？"

刘蔼龄道："因为我没有表妹。"

王香柳道："不能因为你没有表妹而不愿人家有表哥。"

刘蔼龄道："天下做表哥的都是我的情敌。"

王香柳笑道："你这个嫉妒劲儿真不小。"

刘蔼龄抱了她道："有爱才有嫉妒，没有爱便没有嫉妒了。"

王香柳道："过于嫉妒就是不相信，不相信也不能算作爱。"

刘蔼龄道："你的被子真好看，它就盖过你一个人吗?"

王香柳道："废话，不盖我一个人，难道盖两个人吗?"

刘蔼龄道："那不一定。"

王香柳道："讨厌，你说话永远没有好的。"

刘蔼龄道："你母亲给你定亲了吗?"

王香柳道："没有。"

刘蔼龄道："为什么还不定呢?"

王香柳道："你管得着吗?"

刘蔼龄道："我当然管不着，可是我这样问一问。"

王香柳道："问也不必问。"

刘蔼龄道："我是希望你的婚姻自主了?"

王香柳道："当然。"

刘蔼龄道："你需要一个什么样的对象?"

王香柳道："问这个干吗?"

刘蔼龄道："我看看你所需要的对象，是不是和我一个样。"

王香柳道："和你一个样怎么着? 不一样又怎么着?"

刘蔼龄道："我先打听打听。"

王香柳道："按着道儿走吧，少打听。我现在还没有打算呢。等到我打算的时候，我再来告诉你吧。"

刘蔼龄道："我碰了一个软钉子。"

王香柳道："活该，谁叫你碰的。"

刘蔼龄道："真厉害呀!"

王香柳道："哪有你厉害。我说了我跟你说正经的，这两天学校同学对我很注意。"

刘蔼龄道："因为什么呢？你的表哥找你去了吗?"

王香柳道："讨厌，你别提他或不，我说正经的呢。"

刘蔼龄道："好吧，你说吧，我不打搅了。"

王香柳道："我不说了。"

刘蔼龄忙又央告她，叫她说。她才道："那天我们在公园里走，有人碰见我们了。"

刘蔼龄道："碰见就碰见吧。"

王香柳道："你要来相声那一套了，我告诉你，她们都是问你是谁。"

刘蔼龄道："那么你说我是谁?"

要问王香柳说的是谁，且看下回分解。

# 第五回　情战的凯歌

刘蔼龄问道：“你说我是刘蔼龄吗？”

王香柳道：“那多不好？说出你来，她们一定要骂我。我说你是我的表哥。”

刘蔼龄道：“哦，我明白了，原来表哥都是这么来的。那么方才那个相片也不会是你真表哥了？”

王香柳道：“什么吧，讨厌，你看这是谁？”

刘蔼龄道：“这是高小姐吧？”

王香柳道：“对啦，多漂亮。”

刘蔼龄道：“高小姐真温柔。我说，你可不可以叫我吻她一下？”

王香柳笑道：“你要吻她，她也得叫你吻哪。”

刘蔼龄道：“你跟她说一说就成了。”

王香柳道：“没听说过，我怎么跟人家说呀？”

刘蔼龄道：“你就说刘蔼龄要吻你一下，你答应他吧！”

王香柳道：“呸，我不管。”

刘蔼龄道：“我一猜你就要吃醋，我是试探你呢。”

王香柳道：“你不必拿真话当假话说，你以为我不明白呢？你要吻她，你就去吻她，直接去跟她说去，我管不着。”

刘蔼龄道："你不要生气，我是说着玩呢。"

他又来哄她，说了一会儿，刘蔼龄道："呀，都十点了，我该走了。"

王香柳道："你还有事吗？"

刘蔼龄道："这是法定时间呀。"

王香柳笑了，把他送出门来。刘蔼龄道："想着我吧，问高小姐好！"王香柳哼了一句，把门关上了。

刘蔼龄带着微笑走回家来。回到家里，又想起柳燕。他想到医院去看她，但又犹豫，他怕柳燕当面再骂他，多么难为情呢。他就这样要去不敢去的心情，一直过了好几天。这天，他到底因为想念柳燕，而去医院看她。谁知到了医院一问，她在早晨出的院，自己白跑了一趟，只得垂头丧气而归，便给她写了一封信。

第二天便接到柳燕的信，信上说：

　　　您的信接到了，也曾写近三封信给您。只是这几天心情太坏，晚上写的信，第二天早晨再看一遍，绝不能寄出去，像同人打架的信，这封信是第四封信了。

　　　我才从医院回来，医院中许多位我旧日的朋友，一起谈得畅快，几天来的烦恼才算减些程度。同朋友谈到黎滨，大概她的家里又介绍一位青年朋友给她，结果自是没有成功。大半是那位先生没有刘蔼龄坏，所以她不爱他。

　　　记得三年前有一位沈克杰先生，一位有才无貌无钱而不坏的青年，热恋过黎滨，黎滨和他没有见过面地相爱了三年，信差也为他们跑断了腿。结果黎滨毕业之日，此君北来求婚，为了他不坏，黎滨不爱他（原来坏人也有好处的）。沈先生之后黎滨又爱了何松声，何松声走后，便是刘蔼龄。真的，我又想起一句话来，您的确辜负了黎滨对您的热情。黎滨曾经对我说过，她爱您怕得不到一个圆满的结果，因为您是人道主义者。

　　刘先生，当您随便同一个女孩谈爱情的时候，您想到这么多吗？无女人不爱，是您的性情。性情是件不能拿出来的东西，怎么能举证据呢？无论如何，我是这样感觉而已，您也并没有向一位您不爱的小姐求爱。我笑黎滨傻，有人也笑刘蔼龄傻吗？就不见得了，刘蔼龄根本不傻，虽然您难免也会笑柳燕自作聪明。您说黎滨没有真爱，您真没良心，难为您还说得出她愚弄了刘蔼龄，您想愚弄她倒是真的。不错，我在她面前，整天说您没有真爱情，说您滑头。如果没有我说这些话，是否您能和她长期爱，那倒不敢说。反正倒不至于那么快她就不理您了。事实如此，您恨我不恨呢？


　　刘蔼龄一看，这位小姐真是矫情到家了，她既破坏了黎滨的爱情，叫黎滨不爱自己——可是她反而说我不爱黎滨了，真是岂有此理。再也矫情不过女人，她恐怕一辈子也不能自圆其说了。刘蔼龄便写了一封回信，反驳谬见。说到自己是愿意专一而终，谁知女人都不专一，屡次叫他失恋，反而说他不专，没有真爱情。这是从哪里说起呢？信发了之后，就永远不再得见柳燕的信了，刘蔼龄想道：这是她在病中得想许多人的慰问，所以给我写信，出了医院马上就不理我了。她还能说人没有真爱情，她自己永远不许反省。刘蔼龄从此也就不再理柳燕，一心一意地爱王香柳了。

王香柳有个同学叫王晓风，她是一个美丽的女孩子。因为她美丽，所以她就拿她的美丽来骄傲侪辈，追随她的异性是非常的多。她是多多益善，以为天下的男性都来追随她才好。她一个得着许多男人的心，可以玩弄着许多男人，她时常以博得多数男性的追随来夸耀于同学。于是同学也便染了她这个习惯，以为一个人至少得有几个异性朋友玩玩才是光荣，若不然便显得非常可怜似的，大家都以异性朋友多来夸耀。

王晓风若见别人有了异性朋友，她就特别嫉妒。以为男人不追随她而追随别人，这男人都瞎了眼。同时她觉得不论同学是谁的朋友，只要叫她见着，她就能把同学的爱人夺过来，她时常以这种口气来向同学夸大。同学也全都信服她，因为她有许多预言都做成了事实。也搭着男人都不开眼，见异思迁，这一来，越发增加了王晓风的骄气。

王香柳和刘蔼龄相爱，由高小姐播遍了全校，于是大家都知这王香柳和刘蔼龄有了爱情。这时王晓风知道了，十分不服气。她们都知道刘蔼龄见了女人就爱，那么王香柳和他相爱，也算不了什么新奇。

王晓风说："我只要见了刘蔼龄，保准叫他爱我。"

王香柳说："不能这么容易吧？虽然说他是个多情种，可是他却又相当理智的。"

王晓风道："我不信，我非要要要他不可。"王香柳也就不再言语，不过她心里也着实不放心刘蔼龄，因为不放心刘蔼龄，所以她就不得不另外找对象，以防刘蔼龄不爱了她时，她马上还有朋友，不致痛苦。

因为她先对刘蔼龄有了二心，所以对刘蔼龄的爱情也就突然减低了。刘蔼龄还在梦里，一点儿也不知道这回事，他真冤枉。他只渐渐觉得王香柳对自己的态度一次比一次冷，他不知道为了什么。他想，难道她是见了柳燕的信？这真难办。

有一天，他忽然接到一封信，下款是王晓风，想约他晤面一谈。那信上写着：

> 蔼龄先生，请您原谅这陌生人的冒昧，为了钦佩景仰的热诚，几年来读您的作品，那种暴露了人类的真我，揭去了伪面具的文章，倾倒中无日不渴望能得瞻仰风范，听一点儿大刀阔斧的快论，可是没有机会。老实说，也许我太懦弱了，直到今天我在乘车赴学校的途中，听到一个女郎对她的朋友说："为什么不做自己想做的事呢？"是呀，刘先生，我就这么做了想做的事了。不知道您会不会轻视我？假想您允许给我个认识的机会，我该是如何的荣幸感激呢。

刘蔼龄看完，把信放在抽屉里，他想这样应酬起来，真是没完了。可是一个人想见自己，多少总抱着一点儿热诚，不见他们，显得自己太拿着架子似的。他又想写一封回信吧，不然人家太失望了。他一看通信处和王香柳一个学校，他想何不向王香柳打听打听，有机会叫她同着一块儿来，省得自己写信了。同时他这时候无聊，顺便约王香柳一块玩玩。

他便摘下耳机，给王香柳打电话，约定看晚场电影。王香柳却回答他说："今天晚上没有工夫，不能出门。今天姑母来了，必须我陪着玩。明天我们再玩吧。"刘蔼龄一听，只得把耳机挂上。到晚上，觉得无聊，便一个人到电影院去看电影。

看完电影出来，走到大街。那时已经深夜，天气很冷。刘蔼龄方要雇车回来，忽然听得旁边有笑声，非常耳熟。他一看，却是王香柳。她推着自行车，旁边还跟着一个青年，两个人一边说笑一边走，态度是非常亲昵。他不由怔了，那青年是什么样，也看不甚清，他想在后边跟随着他们，后来一想，把这光阴耗费在这个上头，有点冤枉，遂一气而返回家里。他想．女人原来都是这样，王香柳那样痛快的人，原来也瞒着自己另外交了好朋友，哼，纯洁专一，都是说得好听呀。他回到家里，不再给王香柳写信，也不再理她。

而王香柳也不再来信，也不理刘蔼龄了。她对王晓风说："刘蔼龄这个人，你斗不了，你非要上他的当不可。"

王晓风道："我就不信，我非要斗一斗他不可。"

王香柳道："劝你不要自找苦恼呀！"

王晓风道："哼，我会苦恼？我们两个人反正有一个是苦恼的，你要完全站在玩弄的立场上，一定不会得到痛苦。拿刘蔼龄做一个对手试试，都是很合适的。他正是小姐们的试验品，由他这里战胜的，便天下无敌了。"说着笑起来。

王香柳道："我所说的苦恼不是这种苦恼，所谓上他的当，也不是他要骗你。我告诉你吧，他是一个多情的人，到时候你见了他，使你摆脱非常困难。本来我也是拿他消遣，但是后来觉得他的影子却一天一天地向我的心侵占。我害怕起来，所以离开了他。他并不是一个斗士，如果你同他斗，他是只有降伏。可是他的降伏，也正是你的苦恼，因为那时你要感到不能摆脱的苦了。"

王晓风道："我不相信。"

王香柳道："也许你经验多，朋友也多，当然能够摆脱，可是你给他的痛苦却太大了。"

王晓风道："活该了，谁叫他爱我呢。"

王香柳道："关于你的意见，我不再说什么了。"

王晓风别了王香柳，当真找到刘蔼龄。刘蔼龄一见王晓风，这样漂亮，真和神人一样。他有点自惭形秽，所以对王晓风非常崇敬而客气。

王晓风道："您的朋友王香柳时常同我提到您，对于您实在久仰了。"

刘蔼龄道："香柳是很好的，可是我这些日子没有见她，大概她很忙吧？"

王晓风道："是的，您很想她吗？"

刘蔼龄真不知怎么回答她好，说不想她显得自己太寡情，说想她又太失了自尊心。他道："我很愿意她忙，勤学是比什么都好。"

王晓风道："她倒不是忙她的功课，她是忙着交际。"

刘蔼龄一听，刺得心里难过，他勉强说道："这位小姐却是很活泼的。"

王晓风道："刘先生很爱她吗？"

刘蔼龄道："我向来不憎厌任何人的。"

王晓风道："她近来交了一个好朋友，您不知道吗？"

刘蔼龄一听，十分难过，可是纳闷她为什么要提这些事呢？他只得镇静着说道："交个好朋友，那真是好福气，我很为她高兴。"

王晓风一看，他一点儿也不受刺激，反倒是自己没办法了。最后她图穷匕首见，便更进一步说道："听说刘先生和王香柳曾经恋爱过，是吗？"

刘蔼龄如果说曾经有的话，那么现在也可以说恋爱着。王晓风道："可是她现在又恋了一个别人呢。"

刘蔼龄道："是呀，因为现在她恋爱着别人，所以说以前并没有恋爱过我。"

王晓风道："这是为什么呢?"

刘蔼龄道："因为恋爱只应有一个人，不应同时爱两个人。如果同时爱着两个人，这就不叫作真正恋爱了。"

王晓风道："但是我听说刘先生不是同时有许多爱人吗?"

刘蔼龄道："不，朋友是有的，爱人只有一个。我没同时有过几个爱人，都是这个不爱我，那个又来爱我，她们好像轮流着拿我开心似的。过去的事情来谈，我可以说一个爱人也没有，她们都是我的主人，玩物的主人。"

王晓风道："那么您为什么不找一个真正爱您的人呢?"

刘蔼龄道："我并不是不去追求，但是因为我太傻的缘故，我看着每一个女人所给我的爱都是真的，而结果她们都不爱我也是真的，叫我莫名其妙。小姐们的性情，我真无法来形容。"

王晓风道："那么您不会不爱女人?"

刘蔼龄道："是的，我也曾想到不爱女人，可是我竟没有力量拒绝人家爱我。"

王晓风道："您如果把别人给您的爱都看成假的，那您就可以拒绝接受了。"

刘蔼龄道："好，谢谢您，承您指教，以后我一定听您的话，绝不接受任何人的爱了。"

王晓风道："但也不是人人都是这样。"

刘蔼龄道："那我分辨不出来，怎么办呢? 您教教我!"

王晓风笑："我哪里懂，这也不是教的呀。"

刘蔼龄道："那么我还是小心好了！"

王晓风道："假如这时候还有人爱您，您怎么办呢？"

刘蔼龄想了想道："您说怎么办？"

王晓风笑道："我怎能知道呢？"

刘蔼龄道："到时候再说吧，我真懒得想这个问题，麻烦透了。好在这时也没有人肯爱我，我先休息一下吧！"

王晓风见他并不向自己进攻，十分奇怪，听说他是无女人不爱的，怎么他今天竟不向自己进攻呢？假如说第一次见面，不好意思，可是他以前听说好多次都是一见就爱的，难道自己不如他的意吗？王晓风沉默了一会儿，她虽然给刘蔼龄许多进攻的机会，但是刘蔼龄都放弃不进，他不会这样傻吧？怨不得王晓风这样奇怪，在以前的刘蔼龄，这时准要说出我爱你。但是今天刘蔼龄却是一变以往的作风，他竟不再进攻。虽然他觉得王晓风比她们都美丽，而他竟理智盛强起来。

王晓风坐了一会儿，觉得刘蔼龄并不像别人宣传的那样坏。可是她同别人夸下海口说要斗斗刘蔼龄，假如不能降伏刘蔼龄，多么泄气呢。任何一个女人都能叫刘蔼龄爱她，自己这样美丽，反不能吗？

她道："刘先生，您今天见了我，对我是什么印象？"

刘蔼龄道："很好。"

王晓风道："怎么好呢？"

刘蔼龄道："您很美丽。"

王晓风笑了，她道："我没有王香柳美丽的。"

刘蔼龄道："都美丽。"

王晓风简直摸不清刘蔼龄是什么情绪，其实她不知道刘蔼龄并不是玩弄女性的意思，他是在真实地追求一位知己，但是他不知道女性们都拿他消遣。结果他被女性玩弄了，而女人还叫他是女性公敌，这真是太不合算的事。这次他决然对于前来示爱的女人概不接受，虽然他见王晓风非常美丽，但他怕王晓风仍是拿他消遣，所以害了怕。即或知道王晓风有意，他也只能装得流水无情了。

王晓风不得要领，只得和刘蔼龄告别。刘蔼龄道："回家吗？"

王晓风道："对了。"她以为刘蔼龄要送她回去，但是刘蔼龄只说了一句"有工夫来玩，再见"，把她送到门口就回去了。王晓风很失望，因失望而觉得委屈，她有点恨他。王晓风还没有遇到过这种不解风情的人，她以为刘蔼龄无女人不爱，而竟会不爱自己，这一定是自己不如一般女人呀。因为她希望很大，所以失望也很重。

王晓风回到家里，想着刘蔼龄一定要给她写信的。她每天到学校便先看信斗，但始终也没有刘蔼龄的信。同学们还直问她："怎么样，刘蔼龄还没弄到手吗？"王晓风一听，假如不把刘蔼龄得着，那太叫同学看不起了，哪怕今天得了，明天再甩，也可以呀。想到这里，便越要把刘蔼龄的心夺了过来。她以为情场即战场，对方越不好对付，越要斗一斗。她抱着这个心理，又来找刘蔼龄。

其实刘蔼龄根本没有想到什么情战，他以为可爱就爱，不爱就不爱，何必要使手段？何必要斗心计？恋爱是人类生活的自然现象，还要什么恋爱艺术不艺术？一般女人把恋爱看得过于严重，还有一般女人把恋爱看得过于儿戏，对于王晓风，他感到她虚荣心太盛，即或她抱着一番真诚来的，但是她的真诚的根基也不坚固，容易动摇。与其将来不得好结果，莫如现在不接近，永远保持着相当的距离。所以王晓风来了，他总是客客气气，你来我就应酬，你不来，我绝不追求。王晓风反而为难起来。

王晓风这时渐渐把以前对刘蔼龄的印象打破了，她觉得刘蔼龄这个人并不坏，很是诚恳。——原来女人把男人的真诚赤子的心叫作坏，把那虚伪矜持的态度倒叫诚恳——她并且觉得想得到刘蔼龄的心，不下本钱是不成的了。但是为了维持过去的自己的尊荣，她仍然不愿先对刘蔼龄表示爱。初见倒还有这勇气，以后便越觉得有碰钉子的可能。因为这样，她便不得不保持她的尊严。

她又想到欲擒先纵的计策来了，她对于刘蔼龄开始沉默起来，也就是开始情战起来，因为沉默就是手段。刘蔼龄哪里知道她是在使手段，尤其以为女孩子是不会这样厉害的，他一点儿也没有防备地和她交着朋友，因而也就对她更恭敬客气起来。他们有时谈着各种知识，刘蔼龄总是很诚恳地指导她，给了她许多的知识和见解。王晓风对于刘蔼龄又加上了一层钦佩，而要得到他的心也越浓厚了。

这天，他们又遇到一起，谈到他们的过去，刘蔼龄提到社会上的经验，以往所给他的教训，一件一件地说着。王晓风感到他是那样热诚，富于情感，越发觉得他不是自己以前所有的坏印象了。

正谈着，忽然听差拿进一批信来，刘蔼龄道："我可以先看信吗？"

王晓风道："您看您的，我来已经打扰您许多时光了。"

刘蔼龄道："您太客气。"他一封一封地拆着信看。

这里有一封信是豆青色的信封，写着绿色的钢笔字，非常秀雅，拆开看里边，是一张粉红色的信纸，上面写着秀丽的小字。他看完了，便交给王晓风道："您可以看一看。"

王晓风很奇怪，为什么信叫自己看呢？她以为是王香柳的，可是打开一看字，却不是王香柳的字。她一看署名是周雪竹，不认识。她一看词句，是一种久仰的话，希望见面，求他指教的话。看信皮、信纸、笔迹、词句、署名都像是一个女孩子写的，她看完了，便放在桌上。

刘蔼龄把别的信都看完了，又拿起这封信来。王晓风始终不明白刘蔼龄所以叫她看的原因。刘蔼龄道："您看了吗？"

王晓风道："看了。"

刘蔼龄道："您有什么意见？"

王晓风道："我没有意见，我只知道是一个女孩子来的。"

刘蔼龄道："您觉得我应该怎样处置这封信好呢？"

王晓风笑道："这是您的意见。您打算怎样呢？"

刘蔼龄道："我没有主意，所以我来问您。"

王晓风道："这还有什么可考虑的，交一个朋友不好吗？也许这位小姐很漂亮呢！"她说完笑了。

刘蔼龄道："交朋友不在乎漂亮不漂亮，可是我现在实在怕见女人。"

王晓风道："为什么呢？"

刘蔼龄道："因为我是个富于感情的人，女人也多是富于感情的，这样相处，容易发生苦恼。我现在需要有理智的小姐，像您这样，可以永远维持着友谊。看这封信，这位小姐一定是富于情感的了。"

王晓风一听他说自己是理智的，大概他一点求爱的意思也没有了，但自己也不能辩驳，她道："那么您就不理好了。"

刘蔼龄道："但我又以为人家拿着很大热诚来和我交朋友，我拒绝人家未免太不礼貌了。"

王晓风道："那么您怎么办呢？"

刘蔼龄道："回头再说吧。"

他们又说了一会儿，王晓风回去了。她今天和刘蔼龄谈得投机多了，同时也感到刘蔼龄有一种热力，使自己总想着他。她极力压制自己的感情，千万别落在刘蔼龄的网里，可是她又觉得刘蔼龄对她并没有设下网井什么的。他的确是很诚实的。

过了一天，王晓风又找刘蔼龄去了。她这时有些分离不开似的，她明知道这不好，但不由得就想找刘蔼龄去谈天，找他谈天，仿佛就能解自己的苦闷似的。这种交朋友，还没有一个人像刘蔼龄这样解人懂事，处处叫人感到舒适。王晓风又想，这样常去找他，他不会轻视我吗？她怀着矛盾的心情，又去找他了。

见了刘蔼龄不由问道："那位周雪竹怎样了，没有给她写回信吗？"

刘蔼龄道："写去了，约她明天来。"

王晓风道："很漂亮吗？"

刘蔼龄道："我还没有见过呢。"

王晓风道："我想一定漂亮的，至少比我要美丽得多。"

刘蔼龄真不知怎么说才好，他道："明天您也可以来，我们一块儿谈谈，您也可以见见这位小姐。"

王晓风道："我也可以来吗，我想那样会打扰你们谈天了。"

刘蔼龄道："有了您或者谈得更高兴呢。"

王晓风道："明天什么时候？"

刘蔼龄道："下午二时，但您可以早些来。"

王晓风道："好吧。"她这时感到一种清淡的悲哀，捉摸不着的悲哀，好像自己一个心爱的东西破碎了，她仿佛从此就寂寞起来。刘蔼龄的屋里，又有了别人来坐着谈笑，至少自己有点孤单。

第二天，她下午二时以前来了，她希望周雪竹是一个不漂亮的女人，那么自己更可以增加骄傲了。她一进门便问道："周雪竹来了吗？"

刘蔼龄道："还没有。"

王晓风道："真不知道是什么样呢？"

刘蔼龄道："大概不很美丽。"

王晓风道："怎么知道？"

刘蔼龄道："若是美丽的小姐，朋友一定多，应酬一定忙，不会到我这里来的。"

王晓风道："也不见得吧。"

刘蔼龄道："除了王小姐。"

王晓风笑道："我一点也不漂亮，所以我也没有许多朋友。"

刘蔼龄道："我听说您朋友很多的。"

王晓风道："听谁说的？"

刘蔼龄道："我忘记了，大概是我这样想的吧。"

王晓风道："光这样想是不成的。"

正说着，那周雪竹来了。他们一看，她穿着一身白色的毛皮大衣，下面露出雪青色的驼绒旗袍来。苗条的身材，真像一枝雪竹。而那雪红的脸蛋衬着白色的帽子，尤其美丽淡雅。王晓风一见，仿佛立刻起了嫉妒心，仿佛把她看乍自己的敌人似的。

刘蔼龄道："我是刘蔼龄，这位小姐是王晓风王小姐，请坐！"

他们都坐下，周雪竹看了王晓风一眼，说道："我来不冒昧吧？"

刘蔼龄道："不，欢迎得很！王小姐知道您今天来，所以特来看看周小姐，希望多交一个朋友。'

周雪竹笑道："是吗，我可是非常笨的一个人，我一点也不会交际，她们要是不怕我失礼就得。'

刘蔼龄道："我们也是很直爽的人。"

周雪竹道："我对于刘先生真是久仰得很了，总想跟刘先生时常领教，可是我总怕刘先生没有工夫。"

刘蔼龄道："您说您不会客气，可是又这么一大套客气话说了出来。"

周雪竹道："那么应当怎么说好呢？"

刘蔼龄道："您应当这样说：我很想叫刘蔼龄向我求教，所以今天给了他一个台阶，他可以和我领教。"他们都笑起来。

周雪竹道："还有这样说话的？我相信这样说话的人一定是个疯子。"

他们谈了一会儿，周雪竹一会儿一看表，说了好几次"我该走了，实在耗费了刘先生许多工夫"，但均被刘蔼龄拦住，他道："我们多谈谈，难得今天有这好机会，而且我们又很谈得来。如果周小姐有事，我就不勉强了。"

周雪竹道："我没有事。"

刘蔼龄道："没有事就多谈一谈，我怕您还另有约会。"

周雪竹道："我没有约会，我有什么约会呢？"

刘蔼龄道："什么好朋友的约会。"

周雪竹笑道："人家都说刘先生……"

刘蔼龄道："坏，是不是？"

周雪竹笑道："可不是，现在一见果然……"

刘蔼龄道："果然坏，是不是？"

周雪竹越发笑起来，道："刘先生真会猜。"

刘蔼龄道："我会猜，可是我不会辩。所以人家说我坏，我无法证实我的不坏。"

周雪竹道："恐怕您永远不会证实的。"

刘蔼龄道："又是一位我坏的论者。"

周雪竹道："又是一位，可见不止一位了?"

刘蔼龄道："我们现在先把这问题抛开，我先问您，您是不是有好朋友呢?"

周雪竹道："没有。"

刘蔼龄道："有也说没有，这是女性比男性坏的地方。男性心直，反而倒落个坏，真无处说理去。"

周雪竹道："您说男人傻，还是女人傻?"

刘蔼龄道："当然男人傻。"

周雪竹道："不，我说女人傻。"

刘蔼龄道："我先不抬杠，这里不是还有一位，占多数的算是胜利，我们问一问王小姐，说老实话，究竟是男人傻还是女人傻?"

王晓风道："最好我们拿俗语作证，痴心女子负心汉，可见女人是傻的。"

周雪竹道："得，刘先生输了吧，三个人有两个人主张女人是傻人了。"

刘蔼龄道："那不算，因为你们二位都是女性，主张不能成立。"

周雪竹道："刘先生还是会辩呀。"

刘蔼龄道："说老实话，男人也有奸有傻，女人也有奸有傻，不过我认为男女对于爱情的不同，男人是博而不专，女人是专而不久。比如男人爱甲女，后又爱乙女，他对于甲女仍是不舍的，或者还有增加。女人就不然了，爱了乙就不再爱甲。"

周雪竹道："这不是专一吗? 专一多好。"

刘蔼龄道："这专一是暂时的，不久她还会爱丙。"

周雪竹道："男人也会爱丙。"

刘蔼龄道："是的，可是爱丙之后，仍然爱乙。女人爱甲之后，便不爱丙爱乙了，所以说负心一层，男人是不会有的。"

王晓风道："可是最近报上时常有男人爱了女友，把他妻子抛弃，这是怎么一回事呢？"

刘蔼龄道："这种人不叫男人，这是一种女人的爱。我以为男人一女性化，就一点价值也没有了。他们完全是自私的，唯有牺牲自己而给别人幸福，才是伟大的。一个是委曲求全，一个是求全责备。委曲求全虽然是爱情，可有缺憾，但天下没有毫无遗憾的事。求全责备却正是表现着爱情不坚，爱的成分里有谅，没有谅的人，就是自私，这种人不配谈恋爱。"

王晓风道："那么刘先生对于以前的爱人，做什么评价呢？"

刘蔼龄道："我永远不恨她们，可是像她们那样太顾了自己快乐，终究是要吃苦的。"

王晓风和周雪竹都默然想着他的话的意味，沉默了一会儿，又谈了些别的，周雪竹还是走了。

王晓风道："您看这位周小姐怎么样？"

刘蔼龄道："很好，很大方。"

王晓风一听，有点不高兴，她道："不知她的学问怎么样？"

刘蔼龄道："我想也不坏吧。"

王晓风道："那怎么见得呢？"

刘蔼龄道："从她的态度上可以看出来。"

王晓风简直太不高兴了，以为刘蔼龄今天怎么这样不知趣。他若是聪明，应当这样说：她不如您好，这是多么现成的一句送礼的话，他为什么不会说呢？他真爱了她了吗？王晓风心里不高兴，也不再说什么。

刘蔼龄仍是不断地夸赞周小姐怎样好，王晓风不耐烦了，说道："我走了，改天见。"说着穿了大衣走去。刘蔼龄看着她那背后的丽影，不由笑了。

王晓风回去之后，心里总是不痛快，她以为刘蔼龄不爱她，像失去了尊严似的。她想算了就算了，从此也不再理他，也省去许多麻烦。可是同学老问她，刘蔼龄怎样了。假如说并没有得到手，岂不更显得自己没有本事，以往光荣全没有了。想到这里，不由得十分恨刘蔼龄。

她对同学只有编造假话，说："刘蔼龄对我追求，我拒绝了，从此也不再理他。"

同学说："你不说非得叫他失恋，叫他永远想着你吗？"

又有人说："你能不能叫他给你写封哀求的信，咱们看一看？"

又有一个同学说："我昨天看见刘蔼龄了，同着一个挺漂亮的女人在一块儿走。"

王晓风道："是不是穿白毛的皮大衣？"

那同学道："没有，穿的是长毛绒大衣。"

王晓风道："什么样儿？"

那同学道："有点长圆脸，有两个酒窝，挺美的。"

王晓风一听，可不是周雪竹，她真气了。可是她表面还镇静，她下了决心，非要把刘蔼龄得过来不可。

第二天，她便去找刘蔼龄。刘蔼龄似乎穿好衣服要出去的样子，她道："要出去吗？"

刘蔼龄道："是的，我们一块儿玩去好不好？"

王晓风道："还有谁呢？"

131

刘蔼龄道："周雪竹，她在溜冰场等我呢。"

王晓风道："我不去。"她想着看刘蔼龄是什么态度。

刘蔼龄看了看手表道："还可以谈几分钟。"

王晓风道："几分钟就不必谈了。"

刘蔼龄道："您生气了吗？"

王晓风道："您把爱人的约会看得多么重要啊！"

刘蔼龄笑道："怎么会成了爱人？我和她见面的次数还没有见您的次数多呢。"

王晓风道："您不说过吗，见一次就能有爱，周雪竹是多么美丽呢。"

刘蔼龄始终含着笑道："她还没有您美丽。"

王晓风一听这句，还高兴点。她道："既然都是朋友，为什么我想同您谈天，您就拒绝，而赶快赴人家的约会呢？"

刘蔼龄道："小姐真不讲理，我是同她先约好了的。我要是先知道您今天来，我就拒绝她了。"

王晓风道："您瞧瞧，还忙得过来吗？"

刘蔼龄笑道："我不明白您是什么意思，都是朋友，难道交朋友也要专一吗？走吧，我们一起去玩，周小姐很夸赞您的。"

王晓风道："用不着她来夸赞我。"

刘蔼龄道："小姐今天为什么这样生气呢？"

王晓风站在那儿没有言语，刘蔼龄道："好吧，我陪您谈话。"

王晓风道："不必，还是去溜冰吧，人家那里等得多么着急呢。"

刘蔼龄一听，真是气不得笑不得，他道："我若是和您先定好了，忽然我又遇见别的朋友，不能出门，您等着急不急呢？"

王晓风道："是呀，所以我说叫您赶紧去呢，免得人家等着急。"

132

刘蔼龄道："那么我们这就去好吗?"

王晓风道："干吗我们我们的,人家等的是您一个人,我干吗去呢?"

刘蔼龄道："好,那么我一个人去,您呢?"

王晓风道："我吗,我是不值一理的人。"

刘蔼龄急不得恼不得,说道："您真叫我为难,您说,我应当怎么做,我一定遵照您的话去做。"

王晓风道："我可不敢,我没有这么大的力量能够使您听我的话。"

刘蔼龄道："只要您说出来,就有力量。"

王晓风道："是吗,怎么见得呢?"

刘蔼龄道："因为……"

王晓风道："因为什么?"

刘蔼龄道："因为我爱你。"

王晓风低头笑了,刘蔼龄却把她抱在沙发上坐下道："你说吧,你叫我怎么做,我就怎样做,这大概你就不生气了吧!"

王晓风道："你同周雪竹有了爱情了吗?"

刘蔼龄道："没有。"

王晓风道："我不信。"

刘蔼龄道："你为什么那样不相信我呢?"

王晓风道："你不是见了女人就爱吗?"

刘蔼龄道："是的,感情上是见了女人就爱,可是理智上却不一定见了女人就爱。比如我见了你之后,不是一直到今天才爱吗? 可是在感情上说,我一见了你的时候我就爱了你。"

王晓风道："既然一见就爱了我,为什么到现在才说爱我呢?"

133

刘蔼龄道："因为你不爱我，我何必先说呢？"

王晓风道："现在你知道我爱了你吗？"

刘蔼龄道："是的。"

王晓风道："怎么知道？"

刘蔼龄道："我会算。"

王晓风道："哼，我才不爱你。"

刘蔼龄道："你以前是不爱我的，想拿我耍着玩的，现在你是不能不爱我了。"

王晓风道："讨厌，你真坏透了！"

刘蔼龄道："姑娘，以后可别向人家使手段了，没有益处。对于人家没有益处，对于自己也没有益处。对于别人是一种玩弄，叫人痛苦，对于自己，日子久了，把自己的感情都弄得机械化，将来自己也是把一切真爱的人失去了，你再想真爱人家，人家也不相信了，那时你将要陷于最悲惨的境界。今天你幸而遇见我，把你的人性追了回来，你将要得到最甜蜜最快乐的生活了。那以玩弄为心的恋爱，永远得不着真的快乐，纵有虚荣，一点益处也没有。晓风，我爱你，所以我才这样感化你，叫你得着真正恋爱的滋味。那以恋爱为儿戏的人，永远得不着真快活，渐渐也就把她的真感情湮灭了。我告诉你，我早就看出你是在想玩弄我，现在我把你这种心理驱逐跑了，叫你的真感情拿出来，你又恢复了你的天性。"

王晓风道："哼，谁斗得过你。"

刘蔼龄道："你为什么还要说斗呢？记住，爱情是自然的，没有爱情才叫斗，真正的爱情是无需要斗的。"

王晓风道："那你不是向我使手段吗？"

刘蔼龄道："因为你那时不是真爱情，所以我用手段，等到已经

134

把真爱情显露出来，就不能再使手段了，爱情唯有一个诚字，有人说恋爱也有艺术，这真是笑话。你现在尝到恋爱的真滋味了吗？我们吻着陶醉吧！"

说着，便抱了她吻起来。王晓风这时才沉醉在甜蜜的怀抱里。

刘蔼龄道："小乖，终究要投在我的怀抱里。"

王晓风道："呵，你这是多么骄傲呀，你胜利了！"

刘蔼龄道："小乖，不要这样说，我们现在既已真诚相爱，就不能再谈到什么骄傲不骄傲，我们双方都是互爱的，在我们两个人之间，要没有一点隔膜，没有一点不坦白，没有一点自尊心，我们是赤裸裸的两颗心在互相连着，千万不要再加上一点别的色影。这样我们两人便能永远地互爱下去，一直到死。假如有一方因猜疑而误会，这便不是真正的坦白的爱了。知道吗，小乖，以前假如我和你相爱，我们一样可以这样爱起来，可是我知道那种爱是不太坚固，以往我失败过很多次，就是没有把对方的真感情引出来，结果都使我失望了。这次，我早看到你是带着玩弄的意思来的，所以我不敢骤然把我的心就给你，虽然我是如何地爱你，现在你真的爱我了，我也就把一颗热烈的心抛给你了，你可以说是我的第一个爱人，也可以说是我的最后一个爱人。"

王晓风道："真的吗？"

刘蔼龄道："你怎么还不相信？"

王晓风笑道："我是说惯了的，那么你今天这个周雪竹的约会算是失了？"

刘蔼龄笑道："根本没有这个约会，我是冤你呢。"

王晓风道："哼，干吗使这个圈套，你多聪明呀！"

刘蔼龄笑道："这不是圈套，这是为达到你爱我的目的，不得不

135

这样。小乖，你已经爱我就得了，你也相信我永远爱你就得了，一切都不必管它吧。至于别人的话，更不必去理会，谁爱说什么，也不会动我们的阵线一角。我们只有互相信任，别的条件一概没有。"

王晓风道："假如我不呢？"

刘蔼龄道："小乖，你又说笑话了，我们永远相爱吧，别拿爱情当作儿戏了。"

王晓风道："在以前我确是想和你斗一斗，后来觉得你并不是一员战士，也不知怎么我会深深爱了你。"

刘蔼龄道："这是我至大至诚的心感动的反应。"

王晓风道："得了吧，说得那么好听，我问你，你对于你那些好朋友，将来怎样对付她们？"

刘蔼龄道："我没有朋友了，即或有朋友，也只好看作朋友吧。"

王晓风道："听说你有个爱人叫柳燕？"

刘蔼龄道："说不上是爱人，仅仅是朋友而已。"

王晓风道："听说很漂亮？"

刘蔼龄道："是，跟你一样。"

王晓风噘嘴道："千万别比我，我不愿意跟她们一块儿比。"

刘蔼龄道："为什么呢？"

王晓风道："不为什么。"

刘蔼龄道："你是多么美呀，谁也比不了你，只有天仙才能比你。"

王晓风道："别气我了，咱们出去玩一会儿。"

刘蔼龄道："我们去哪儿呢？"

王晓风道："你说。"

刘蔼龄道："溜冰去？"

王晓风道："我没有带着鞋，哦，你是想看周雪竹去，是不是?"

刘蔼龄道："你瞧你又胡说了，那我们就坐在屋里，我吻着你，好不好?"

王晓风道："说着说着就不老实，怨不得人人都要说你坏。"

刘蔼龄道："人人都说我坏，这些人都是谁呢，她们都叫我吻过吗?"

王晓风道："你瞧你说话多不得人心。"

刘蔼龄道："当然，谁叫她们都说我坏，她们既没叫我抱过吻过，怎知道我坏呢? 所以说女人说话，永远是随便就说，一点不负责任，并且也不经过脑子想的。"

王晓风道："得了得了，瞧这一套。走吧，我们看电影去吧。"

刘蔼龄道："天气这样好，我们还是散步好，坐在电影院里，也不能说话，接吻也不大方便。"

王晓风道："你说上哪儿?"

刘蔼龄道："天坛吧。"

王晓风道："天坛我还没有去过呢，我总要去，可是总想不起来。今天你不提起，我还是想不到，天坛好玩吗?"

刘蔼龄道："没有什么好玩，不过是清静，很多地方都可以接吻。"

王晓风道："你就没忘了这个，大概你不定在那里吻过多少女人了。"

刘蔼龄道："今天是头一次。"

王晓风道："谁信，哼!"

刘蔼龄道："走吧。"

他们走出来，上了电车，到天桥，然后雇洋车到天坛，买了票

137

走了进去。那时正是晴阳高照，一点也不显得冷。

刘蔼龄道："春天到这里来的人非常多，夏天人又少些，最好是秋天，那高过人的草，快快枯干，人在里面，外面看不见，自然，也就免不了什么桑间濮上的事了。"

王晓风道："你就注意这个，你多坏呀，你真坏透了。"

刘蔼龄道："我说的是老实话，你就说我坏，我说草里面有许多人在读书，你相信吗？"

王晓风道："你说在那深草里有人做不好的事，是你亲眼看见的吗？"

刘蔼龄道："非礼勿视，所以我不愿意看。"

王晓风道："你没亲眼见过，你怎么知道有这种事。可见你也是随便一说，毫不负责任，你也是个女人了。"

刘蔼龄道："你真厉害！"

他们走到了祈年殿，那伟大的建筑真令人赞叹。

王晓风道："像这种的建筑还可以保持一二百年不坏吧？"

刘蔼龄道："那我怎么能知道呢？"

王晓风道："看这材料还看不出来吗？"

刘蔼龄道："材料不材料没关系，多好材料，飞机一下弹，立刻就成灰烬。"

王晓风笑道："谁说飞机啦？"

刘蔼龄道："可是现在世界大战的时候，哪里保得住呢。"

他们走到僻静地方，两个人便搂抱一处，接吻不迭。

刘蔼龄道："你在这里接过吻吗？这回给你一个经验。"

王晓风道："那么可见你是经验好多次的了。"

刘蔼龄道："我是听人说的。"

王晓风道："谁能告诉你这个？"

刘蔼龄道："朋友们时常无所不谈。"

王晓风道："你们男人没有一个好的，净研究坏。"

刘蔼龄道："其实你们女人也净研究男人。"

王晓风道："不像你们男人这样么，男人永远拿女人做对象，女人有时不见得拿男人做对象。"

刘蔼龄道："怎么？"

王晓风道："你知道吗，女人有时讲起同性恋爱来，比异性的还要热烈呢。"

刘蔼龄道："那个是我知道的。"

说着他们又往南走，走到一个圆丘，那墙壁屋宇都是圆的，他们在墙里，一个在东边，一个在西边，伏在墙上，低声说话。虽然隔着数丈远，并且还隔着屋子，但双方说的话，都听得很清楚。

刘蔼龄道："我在东边，你到西边，我们说一回看看。"

王晓风不大相信，刘蔼龄道："你一听就知道，最好面向着墙壁。"

王晓风好奇心起，笑着走到西边去了。到了西边，便把耳朵伏在墙上听，她用很大的声音说道："你说呀，说了没有？"

就听见有人说话"不要那么大的声音，我现在用很低的声音说话，你全听清楚了吗？"

王晓风一听，仿佛刘蔼龄就在自己身边，她急忙转身看时，却影儿也没有。她觉得好玩极了，于是也低了声音，向墙壁说道："我现在用小声说，你听见了吗？"

声音回答说："听见了，亲爱的，多么好听呀！小鸟儿叫唤似的，你给我唱一个歌儿吧！"

王晓风道："呸，那是疯子。"

声音又道："亲爱的，叫我一声哥哥吧！"

王晓风道："讨厌，走吧。"

说着，到门口和刘蔼龄见了面。刘蔼龄道："你看，是不是听得很清楚？"

王晓风道："这是什么缘故呢？"

刘蔼龄道："这就是一种回声的道理。墙是圆的，声浪顺着墙走，不能四播，所以在这圆形之内，何处都听得很真。我觉得公园应当做这么一个圆墙，墙内周围设上茶座儿，有的青年情侣，怕人看见，不愿意坐在一块儿，可以东一个，西一个，两个人向着墙壁，也能说些情话。"

王晓风道："可是都说起来，岂不就乱了头绪了吗，并且也被人全偷听去了。"

刘蔼龄道："偷听倒不怕，谁也找不出是谁说的了，就怕乱。比方张三说我爱你，李四的情人答了话，我也爱你，得，这非浪漫胡同不可了。"

他们说笑着，来到天坛。坛前是圆的，上面是石头铺面，据说用了一百零八块，构筑得颇为严紧。石阶一共分为三层，他们走上去，只见有两个人对面站着，却低头向地下说话。

王晓风道："这是怎么一回事呢？两个人做什么呢？"

刘蔼龄道："这好像是一种共鸣。两个人对面站着，角度一个样，然后向地下说话，对方便觉得这话是从自己脚底下来似的。"

王晓风道："我们试一试。"说着他们走上了坛。

那两人已经离开，刘蔼龄和王晓风站了对面，刘蔼龄便向脚下说道："晓风，你觉得我的声音在哪儿？"

王晓风一听，果然声音在脚底下发出来，她道："真不知道这里还会有这么多奇迹。"

刘蔼龄又告诉她，祭祀的时候，怎么隆重，怎么宰牲，怎么上供。王晓风道："这一点事弄这么麻烦，耗费多少钱，有什么用处呢？"

刘蔼龄道："这完全是一种政策，礼若是不繁，无法形容他的伟大，其实那些繁的都是无用的。"

他们在这里玩了一会儿，走了出来。王晓风道："我今头一次来到这儿。"

刘蔼龄道："头一回在这儿接吻。"

王晓风道："走吧！"

走出了大门，刘蔼龄又雇了洋车到电车站，然后由电车站乘电车回到家里。他们今天玩得都很快乐。

刘蔼龄又和她定明天在哪儿玩，王晓风道："最好还像今天这样清静的地方。"

刘蔼龄道："我们出城吧。"

王晓风道："出城到哪儿？"

刘蔼龄道："我们出西直门，顺着河沿，经过平则门，到新城门进城，你能走不能走？"

王晓风道："太远了吧？"

刘蔼龄道："也不算远，就是由西单到新街口这么远。"

王晓风道："好吧。"

刘蔼龄道："我们在哪儿见？"

王晓风道："你说。"

刘蔼龄道："我们旧时候一点在西直门车站见，好不好？"

王晓风道:"那要在那里等着多麻烦。"

刘蔼龄道:"只要我们守时候,算准了时刻,至多也就等上十分钟。"

王晓风道:"好吧!"他们定好便分别了。

第二天,刘蔼龄先时而去,他早到了七八分钟,为是等着王晓风。等了十几分钟,电车一辆跟着一辆,他直着眼睛望着,总是没有王晓风的影子,等得极不耐烦的。又等了十几分钟,仍是不见她来,刘蔼龄有点生气了。昨天说好了的,都要守时刻,自己还特意早来,结果她仍是晚到,难道她一点不想到人的苦处吗?

又等了一会儿,才见她姗姗来了。刘蔼龄显出不乐意的样子,说道:"为什么来得这样晚呢?"

王晓风道:"晚吗?"

刘蔼龄道:"当然,我已经来了半个钟头了。"

王晓风道:"实在对不住,其实半点钟还算晚吗?"

刘蔼龄道:"半点钟还不算晚?但也须看在什么地方,叫我在电影院里等两个钟头,也没有什么。现在叫我在大街上站半个钟头,多么别扭呀。"

王晓风道:"那你要等电车呢,有时等一个钟头,不比半个钟头还长吗?"

刘蔼龄道:"等电车是大家等,我等你是一个人等。我原来也想装着等电车的样子,可是电车一辆一辆地走了,我都没有上。叫别人看着,我这是干什么呢?"

王晓风道:"哟,你瞧瞧叫你等了这么一会儿,就这么抱怨人家,这还不够受你的气呢。"

刘蔼龄道:"谁叫你不守时刻。"

王晓风道："我回去了。"

刘蔼龄见她倒生气了，便道："回去就回去。"说着，他便要上电车。

王晓风叫道："你瞧，干吗呀？"

刘蔼龄又走回来，说道："你说你认错不认？"

王晓风道："我已经来晚了，怎么办呢？"

刘蔼龄道："我本想那时不等你，给你一个小小惩罚。"

王晓风道："啊，还要怎么着？"

刘蔼龄道："不是我气量太小，等这么一会儿也不成。我是拿这证明你没有爱，如果你有爱，你就想到我在这里等得你着急，你就不会晚来了。"

王晓风道："我是拿这个来测你的爱情，我觉得你连十几分钟都不能等，你一定没有爱。"

刘蔼龄道："你不能拿这个来说，可气，走吧，以后你再这样，我就绝不等你，你怎么一点儿都不知人家等得这么着急。"

王晓风道："得了吧，你瞧你说上没完了，咱们不是玩吗？"

刘蔼龄道："走吧，我们出城去。"

说着两个人出了西直门，便顺着河沿走下来，一边走一边谈天。刘蔼龄道："现在这天气真暖，按着腊七腊八冻死寒鸦，可是现在的腊八却这样的暖。现在都五九了，七九河开，八九雁来。日子过得是这么快，有时想起来真可怕似的。一班小姐们还自己骄傲地闹着爱的把戏，她们绝不想想这几年的青春，一晃就过去，等到过去之后，再想找个如意对象，那便难上加难了，非得老大嫁作商人妇不可。目前不是就有几个例吗？有几个交际名花，现在不是都落魄得了不得吗？那时闹着离婚，同居，姘头，种种的丑态，甚至情愿做

143

一个有钱的外家，或是包月。那时有许多有为青年，她们都看不起，现在后悔了，然而已经晚了。其实那些小姐们不是不聪明，不是没有高级知识，但是她们竟这样堕落，这是谁害了她们？她们的美害了她们，她们的虚荣害了她们。现在正在走着红运的小姐们，将来也何尝不像她们这样落魄呢？"

王晓风道："呵，干吗这么牢骚起来，又是谁招惹了你？"

刘蔼龄道："我是临时的感触，不是发牢骚，你不喜欢听吗？"

王晓风道："没关系，反正我们也是谈闲话。"

刘蔼龄道："是的，我忽然见天变化得这样快，不觉感慨起我们认识的时候，一直到现在，是才一个多月，可是我觉得过了多久似的。再过些日子，河水一融解，柳树一发芽，大地呈着春的气候，就更觉得光阴过得实在快了。光阴过得多么快，也还引不起什么感触，最使人兴悲者，是我们在这短促光阴里，刻画出许多事情来，想到事情的前后，就不免受刺激了。比方电影片子，如果上面什么也没有照上，光是白片，那么不管它是多快多慢，都不起感想，如果上面映出许多事情来，便立刻有今昔之感了。"

王晓风道："我有时就不愿意想前想后的，因为想之后，总是跟着悲哀的，岂不是自己给自己找苦吃吗？"

刘蔼龄道："人生不时地有一点苦吃，倒是非常有味，不然太平淡了，也没有意思。有了苦才觉得甜的好。"

他们走到一处地方，非常清静，刘蔼龄道："这里也可以接吻。"

王晓风道："没听说过，在大街也接吻，叫人看见，说是有伤风化，给你带到局里。第二天一登报，再一游街，得，您这位刘蔼龄先生可就好看了。"

刘蔼龄道："接吻不算犯法，这要是懂事的警察见了，他一定说这样才是伟大的爱情，应当奖励。"

王晓风笑道："没听说过。男女两个人在乡村里一块儿走，还要引得农人们直看两眼呢。"

他们一边说着一边往南走，走过了阜成门，在那河沿上，越发清静而幽美。刘蔼龄道："白云观快到日子了，初八我们来顺星好不？"

王晓风道："你也这样迷信？"

刘蔼龄道："这只是一种好玩而已，谁来信它？晓风，我有一句话要问你。"

王晓风道："什么话？"

刘蔼龄道："你是我的吗？"

王晓风道："你为什么忽然又想起这么一句来？真是天上一句地下一句。"

刘蔼龄道："我只要你来回答这句话。"

王晓风道："我先问你，你是谁的呢？"

刘蔼龄道："我是你的。"

王晓风道："呀，我可养活不起呀！"

刘蔼龄道："你开玩笑是怎么着？"

王晓风笑道："你不是说你是我的吗？"

刘蔼龄道："这话没有说完全，说完全就是我是你心上的人。"

王晓风道："那么我是不是你心上的人，只有你自己回答了，我怎么能够知道呢？"

刘蔼龄道："你真会闪躲，够聪明的。"

他们再往南边，一片平原，火车从西边经过，渐渐远了，渐渐小了，以至不见，光留下一朵朵浓烟，散漫在大野里。村里吆喝着

145

卖东西的声音，真像春天来了的样子。

王晓风道："哎呀，多么美呀，每天光在都市里瞎玩，真是再没有到这里来有意思了。"

刘蔼龄道："清静寂寞之乡，愈见转增意味；繁华热闹之地，转眼便觉凄凉。这话是一点儿不错。你看这白色的鸽子，在空中飞着，多么美丽呀。再过些日子，乡村的人家，都贴了红纸对，小孩穿上红袄，小男孩一放风筝，这情景是多么美丽呀！"

王晓风道："我真觉得乡间另有风味。"

刘蔼龄道："可是现在的乡间不成了，有钱的都跑进城市里来，没钱的也终日奔波，拉车要饭，孩子们到都市追人要钱，乡村算是破产了。"

王晓风道："你又说这大煞风景的话。"刘蔼龄一听，只得笑了。

他们走进了新门，雇车到单牌楼，找了一个饭馆进晚餐，他们都吃得很多。

刘蔼龄道："假如我们每个礼拜走一次，我们的身体一定会得到很大的益处。"

王晓风道："我今天非常高兴。我说，有许多同学都问我，你跟刘蔼龄怎么样了，你说可气不可气？"

刘蔼龄道："那有什么可气的？你不会直接告诉他们说，我同刘蔼龄正在热恋呢，他是我的未婚夫。"

王晓风道："呸，瞎说！"

刘蔼龄道："怎么瞎说？"

王晓风道："什么叫未婚夫呀！"

刘蔼龄道："未婚夫就是还未结婚的丈夫。"

王晓风道："你是吗？"

刘蔼龄道："怎么不是呢？"

王晓风道："不是。"

刘蔼龄道："那么谁是你的未婚夫？"

王晓风道："谁也不是。"

刘蔼龄道："我现在不是你的未婚夫，将来呢？"

王晓风道："将来也不是。"

刘蔼龄道："真的吗，永久也不是吗？"

王晓风道："啊！"

刘蔼龄没有再多语，他想到这位小姐仍旧是把恋爱和结婚看作两件事，把恋爱和结婚看作两件事的人，也就是爱情不坚固。

吃完了饭，无精打采地散了。王晓风知道刘蔼龄因为自己的话不高兴，但这时又不好自己转圜，将来有机会再说吧。她笑着说："明儿给我写信哪！"刘蔼龄漫然应之，自己回去了。

回去之后，才知道周雪竹来过，并且给他留了个条儿，说明天还来的。他随便把条一团，也没有在意。

第二天，周雪竹果然找了他来。让到里面坐下，周雪竹道："今天我来，有个问题来向刘先生说，请刘先生指教。"

刘蔼龄道："不敢当，您有什么问题呢？"

周雪竹道："我以前来，也是为解决这个问题，可是到现在也没有说出来。"

刘蔼龄道："今天给您一个好的机会。"

周雪竹道："是的，那么我就要问了。"

要知她问的是什么问题，请看下回。

# 第六回　同性的堡垒

周雪竹道："我希望您用亲切的态度来回答我这句话。"

刘蔼龄道："当然，您问什么呢?"

周雪竹道："我问您，您以为同性恋爱好，还是异性恋爱好?"

刘蔼龄道："自然是异性恋爱好。"

周雪竹道："您不赞成同性恋爱吗?"

刘蔼龄道："不但不赞成，并且我还反对。"

周雪竹道："什么理由呢?"

刘蔼龄道："同性的爱不是正常的恋爱，这是不能永远的。还是异性的爱是一种自然的，所以我不赞成同性恋爱。它不但违背生理的自然发育，并且也妨碍人类的发达，同性爱是一种病态的。"

周雪竹道："可是您知道，现在一般的女子学校都闹着同性恋爱的把戏。"

刘蔼龄道："我知道，这是因为中国的教育还不大好，二来她们是没有机会接触异性，所以她们都想起同性恋爱来。"

周雪竹道："假如她们有了同性恋爱，并且还不分离，这时应当怎么使她们觉悟她们这样的不正当?"

刘蔼龄道："可以劝告她们。"

周雪竹道："劝告是无效的，她们现在的亲密甚至要超过夫妇了。她们一同睡，一同走，一同吃饭，甚至上厕所也是一同去，她们没有一刻能够分离，倘若分离半天的工夫，她们能够哭泣。她要吻她，每天睡眠时，也要搂抱一处，您说这应当怎么办呢？"

刘蔼龄道："那只有渐渐使她们远离。"

周雪竹道："怎么远离呢？"

刘蔼龄道："这两个人和您是同学吗？"

周雪竹道："有一个是同学。"

刘蔼龄道："那一个呢？"

周雪竹道："那一个呀，那一个就是我。"

刘蔼龄道："既然那一个是您，岂不是更好办了吗？"

周雪竹道："事实不那么简单，我跟您详详细细地说了吧。每到学期开始的时候，我们同学差不多都要找一个年岁大的做自己的保护者，再找一个年轻的来自己保护她。现在都成了一种风气，人人都这样做，所以也就不可以说为什么畸形了。有一个同学叫赵黛，她比我大两岁，年级只比我大一年级，不知怎么，她便选择上了我。"她说到此处，不由笑了。

刘蔼龄道："因为您很美呀。"

周雪竹笑道："我真不喜欢像她们那样整天闹蝶儿的。同学们因为赵黛喜欢我，便哄开了，硬把我和赵黛锁在一屋子里，非叫我们答应请吃糖不可。我因为被迫得无可奈何，只得答应了，谁知赵黛却真的同我好起来。我本来还不放在心上，可是赵黛的性情太好了，不管我怎样不愿意，我怎样生气，她总是温柔地哄着我。我以为天下再没有像她那样温柔的女人了，我要是男性，我非要娶她做太太不可。她时常帮助我做功课，给我洗衣服短裤什么的。只要我感到

149

一点不舒服，她总要百般地慰问，非要把我哄得高兴不可。到晚上，她愣跑到我的宿舍，钻到我的被子里等着我。假如我偶尔不高兴，不愿意理她，或是我一个人出去溜冰，等到回来的时候，她准在哭着，闹得我实在无可奈何，我不知应当怎样去做。可是我想照这样长久下去，非要全闹得极大痛苦不可。刘先生，您说应当怎么做好？我来到这里，她一点不知道，可是我知道她一定在哭着，我真是难过极了，您想我怎样做才能免去这种苦恼呢？"

刘蔼龄一听，不由说道："异性朋友如果闹到这种地步，也不是一种真正的快乐，何况是同性的朋友。最好是慢慢劝她，叫她的注意力到事业上去，不要光在儿女情上用功夫，慢慢是可以的。"

周雪竹道："可是谁能劝动呢？我说什么她也不听，反更增加她的痛苦。别人全都不管，大家都在闹着这种把戏，怎么办呢？"

刘蔼龄道："不会同她渐渐冷淡？"

周雪竹道："渐渐冷淡也不是治本的办法，我现在倒有一个办法。"

刘蔼龄道："什么办法呢？"

周雪竹道："最好请一个异性和她恋爱，叫她知道异性爱的伟大。"

刘蔼龄道："这样也不错，可是您找好对象了吗？"

周雪竹道："我觉得刘先生担任这个角色最为适宜了。"

刘蔼龄惊讶道："这个不是游戏的，哪有这样办的？"

周雪竹道："我认为刘先生最合适了，刘先生为了解除两个人的痛苦，也应当帮这个忙。"

刘蔼龄道："帮忙倒无不可，但是同她去恋爱，这不是难事吗？"

周雪竹道："我有理由，非您帮忙不可。"

刘蔼龄道："什么理由？"

周雪竹道："第一，您是个恋爱圣手。"

刘蔼龄一听她这话，吓得连忙说道："不对不对，这头一个理由就不对，我怎么会恋爱呢？叫人听着我除了恋爱大概不会别的了。不成！"

周雪竹道："您听着呀，我所说的恋爱圣手，不是说您专门恋爱，而是您懂得恋爱的真相，比一般追求盲目的恋爱要圣明得多；第二是赵黛最崇拜您，只有您才能转移她的目标。"

刘蔼龄道："这第二个理由也不对，爱与崇拜是两件事，崇拜不见得有爱。"

周雪竹道："但是您可以往爱里走。"

刘蔼龄道："那如何能成呢？和一个不相识的人，硬往爱情里走，这不是盲目的吗？"

周雪竹道："那也无妨，您可以把这个假装那么做，仿佛真和赵黛恋爱一样。"

刘蔼龄道："不成，我不会作假，真是对不住。"

周雪竹道："哟，您不是说可以帮忙吗？这点事就不能帮忙了？"

刘蔼龄道："谁知道您给我这么一个难题呢？"

周雪竹道："我要知道您这么不赏面子，我何必费这么大的事？好吧，您不必管了，回见。"

她很生气的样子，站起来要走。刘蔼龄连忙把她拦住道："您别生气，我们慢慢想办法，我一定给想法子。"

周雪竹道："得啦，您不必这样哄了，我真不希望您这样勉强给一个讨厌的人管这闲事。"

刘蔼龄越发拦住她道："请坐，请坐，别生气，我的小姐！"

周雪竹道："您管不管？"

刘蔼龄道："管是管，但是我们得想一个妥善的方法。叫我假情假意地和人家谈恋爱，我做不出来的。做着做着，就能爱成真的了，那岂不更苦恼吗？"

周雪竹道："做成真的了岂不更快乐吗？我跟您说，赵黛也非常漂亮呢，性情又非常的温柔。"

刘蔼龄道："什么呀？千万不要说了。我想这样办吧，我可以慢慢劝解她，和她研究别的功课，慢慢把她的注意力引到功课上来，叫她对这功课发生浓厚的趣味，然后再疏远你们的友谊，同时再给她介绍一位异性朋友，这就成了。"

周雪竹喜道："对啦，好极了，这样我们都可以脱离苦海了。"

刘蔼龄道："可是周小姐应怎样谢我呢？"

周雪竹道："您说。"

刘蔼龄道："请客吧。"

周雪竹道："好吧，您喜欢吃中餐还是西餐？"

刘蔼龄道："我呀，我不吃饭，不必请吃饭了。"

周雪竹道："那怎么办呢？"

刘蔼龄道："请我一块糖吃就得了。"

周雪竹笑道："一定请。"

刘蔼龄道："我还有个问题。"

周雪竹道："什么问题呢？"

刘蔼龄道："您所以要离开赵黛，是不是您另有了好朋友了呢？"

周雪竹道："刘先生想得真周到，我没有。"

刘蔼龄道："真没有吗？"

周雪竹道："我若有朋友，我还能常找刘先生来吗？"

刘蔼龄道："其实有也没关系。"

周雪竹道："说的是呀，我说有不是也没有关系吗？真的没有。"

刘蔼龄道："好吧，不管有没有，我们不谈这个了。"

周雪竹道："您问有没有朋友，有什么用意吗？"

刘蔼龄道："没有用意，偶然想到这里，您别误会。"

周雪竹道："我没有误会。"

刘蔼龄道："那么您乍一失去赵黛这么一个爱人，您不感到什么空虚吗？"

周雪竹看了他一眼，笑道："我还没有考虑，我觉得……"

刘蔼龄道："觉得什么？"

周雪竹道："以后再说吧，我该回去了，明天我也许同赵黛来看您。"

刘蔼龄道："欢迎欢迎！"

周雪竹道："明天见。"

说着她便往外走。刘蔼龄道："再坐一会儿不成吗？"

周雪竹稍微犹豫了一下，说道："明天见吧，明天我也许同赵黛来。"说着，她回去了。

回到宿舍果然赵黛在哭，她想道，真是的，刚出去这么一会儿她就这样哭，以后就什么也不能干了，这多么无意味呢？就是真正的异性恋爱，也不会这样呀！这样简直自找苦恼，还有什么乐趣呢？她越想越觉得赵黛过火，而有些讨厌了。

她进到屋里，赵黛躺在床上，哭得那么可怜。周雪竹故意不理她，自己也好像生气的样子，她脱了大衣，口里吹着口哨，照了照镜子，拢了拢头发，扑了扑粉，往外便走。

刚走出屋门，便有同学把她拉回来，说道："你们又怎么了？"

153

周雪竹道："没怎么。"

同学道："没有怎么，她干吗哭呢？"

周雪竹道："她倒爱哭，我知道她因为什么哭呢？你们不会问她吗？"

于是同学又来问赵黛，赵黛只哭不语。

同学道："一定是你出去又没告诉她。"

周雪竹道："我出去一会儿也必须要告诉她吗？凭什么要告诉她呢？"

同学道："你们是好朋友。"

周雪竹道："好朋友就应当这样吗？就是我父母我也没有告诉过呀！"

同学道："其实一句话也没有关系，你跟她说一句话，又损失到哪儿呢？"

周雪竹道："说不说没关系，可是我为什么要说呢？"

赵黛道："你不告诉我也没有什么。我问你，你上哪儿去了？"

周雪竹道："我到市场买东西，这有什么呢？"

赵黛道："到市场买东西，哼，东西在哪儿呢？"

周雪竹道："我没买停当。"

赵黛道："你还这样说，其实你要是上市场也没有关系，你是上刘蔼龄那里去了，你以为我不知道吗？"

同学们一听，便问周雪竹道："你是上刘蔼龄那里去了吗？"

周雪竹道："上刘蔼龄那里也没有关系呀。"

同学们一听，说道："你上刘蔼龄那里去做什么呢？他是一个有名的坏人。"

赵黛听了，越发生气，也问道："你上刘蔼龄那里去，干吗

154

去了？"

周雪竹道："拜访拜访也没有什么罪过呀！"

赵黛道："一个女人拜访一个陌生的男人，哼，安着什么心呢？"

周雪竹一听，不由气道："你管我安着什么心，我爱去，你管不着。"

赵黛一听，心里别提多难受了，她又哭了起来。

同学一边哄赵黛，一边劝周雪竹，说道："赵黛对你这样好，你为什么还这样叫她受刺激？你快安慰她一会儿吧，不然她的心要伤透了。"

大家劝了一会儿，周雪竹算是压下气去，同时看赵黛那种可怜劲儿，心里又软了。况且她又想到明天还要把她带到刘蔼龄那里去，如果今天对付不好，明天她一定不会去的。她走过来道："你这是干吗呢，这也值得哭吗？"

赵黛一听周雪竹同她说话，她就高兴多了，可是一时也无话说，她止住了哭。同学一见，互相说道："得啦，她们又好了，咱们该躲开她们吧，叫她们好好谈谈心，回头再叫她们请吃糖。"

有个同学道："不，现在就叫她们请吃糖，咱们才能离开这儿，要不咱们就给她们打扰。"

赵黛一听，当真怕她们打扰，立刻拿出一块钱来道："你们自己买糖去。"

大家一看，不由笑起来，立刻把钱接过，那个同学道："还是我的主意高吧？周雪竹得掏钱。"

大家一听，又来同周雪竹要，周雪竹道："我不请。"

大家道："你不请不成。"

周雪竹道："随便，反正我不请，看你们怎么办吧。"

大家道："看着赵黛的面子，你也得请呀。"

周雪竹道："谁的面子也不成。"

大家道："咱们要翻她，不跟她好说了。"说罢，大家便抱了周雪竹，有的就解衣服，有的就伸手往兜里掏。

周雪竹道："我身上没有，你们白翻。"

大家道："一定在手袋里。"果然有同学立刻就奔那手袋去。

周雪竹一看，叫了起来，连忙去抢着，两个人抢在一处。那同学把周雪竹压在底下，大家笑了起来，也忙过来帮着抢，最后还是抢走了一张票子，大家一哄而散。

周雪竹道："讨厌，这一群丫头！"

赵黛见别人全走了，说道："你上刘蔼龄那里去做什么了？"

周雪竹道："有一点事问一问他。"

赵黛道："什么事呢？"

周雪竹道："没有什么事，一个亲戚托买一本书。"

赵黛道："他那里还卖书吗？"

周雪竹道："他那里不卖书，可是别处都买不着，这书是他做的，所以到他那里问一问。"

赵黛道："那么到底买着没有呢？"

周雪竹道："没有，因为他那里也没有了，不过他答应可以向别处找一本来，叫我明天再去。"

赵黛道："其实买书倒没有关系，不过他那个人据说太坏了。他一定是故意说没有，叫你明天再去。"

周雪竹道："多叫我跑一趟，于他又有什么好处呢？"

赵黛道："他可以多见你一面呀。"

周雪竹道："多见我一面又有什么用处呢？"

赵黛道："他一定不安着好心，多见你一次而多诱惑你一次。"

周雪竹道："那也没有什么用处。你们永远这样看人，实在不对。刘蔼龄那个人实在是一个老实人，不信你一见了他，就知道了。别人对他那种批评，都是错的，根本他并没有那些事。况且一个男人多坏，只要女人有把握，像你这样有把握，又何患他们的诱惑，不是徒见他们自轻吗？"

赵黛道："不管他是怎么一个人，也不管你是不是有把握，我是不愿意你招男人的垂涎。我觉得男性多看你一眼，或者也不多看，只是心里存了一种坏的心，我便以为是对你的一种污辱。我真恨透了男性，他们没有一个好人。"

周雪竹道："那也不能一概而论。就拿你来说，你对于我这样拘束自由，难道是对的吗？是一种正常的人情吗？你若是男的，恐怕更要坏些，或者我的贞操也许保持不住呢。"

赵黛笑道："我这是爱你呀，我是保护你的意思，男人们都是想得便宜。"

周雪竹道："也不见得，明天我可以介绍刘蔼龄给你，你可以认识认识他，也就认识认识男性。"

赵黛道："我不喜欢见他，你不必介绍。"

周雪竹道："那有什么关系，理他不理也没有关系，见他一见怕什么呢？横竖他不能把你吃了啊！"

赵黛道："那一见面介绍，多么没有意思。"

周雪竹道："不必专程的，只是你随了我去取书，你不就见着他了吗？你愿意介绍，我再介绍，如不愿意介绍，我就不言语，好不好？"

赵黛道："你同他见了几次了？"

周雪竹道："就见了一次。"

赵黛道："上一次你就上他那里去了，你以为我不知道吗？我早听说了。"

周雪竹道："没有，那是谣言，我只去了一趟，并且以后没事也不再找他，即或找他，也是同着你去，你放心了吧？"

赵黛道："嗯，假如他把我的爱人夺了去，我非得和他拼命不可。"

周雪竹道："什么呀，你又胡说了。你跟人家拼得着命吗？你总是那样想，其实我同他也提过你，说你脾气好极了，实在是女性的典范。人家先有这么一个印象，倘若你同人家横起来，人家多么奇怪呢，说这样的女性典型呀，别泄气了，比老虎还要厉害呢。"

赵黛把她抱住道："你这个小嘴，借别人的口气骂我，你多么坏呀！"

周雪竹道："真的，我跟你说，爱人是爱人，朋友是朋友，同刘蔼龄做个朋友也没有关系呀。"

赵黛道："你怎么又提他？这里一定有缘故。你说你是怎么一回事？"

周雪竹道："我是愿意你同他交朋友，这又怎么了？"

赵黛道："我不愿意。"

周雪竹道："人在社会里，如果没有朋友，还能立足吗？"

赵黛道："不能立足就不能立足，我们两个人跑到深山过我们两个人的生活，与世界全都隔离了，岂不很好吗？"

周雪竹道："我们吃什么呢？"

赵黛道："我们可以置一些地给人来种，只要我们吃的，剩下的全给他们。"

周雪竹道："假如我们都老了，我们没有儿女，那时他们全欺侮咱们，有谁来保护着我们呢？我们病了，有谁来煎药熬汤呢？我们死了，有谁来把我们葬埋呢？"

赵黛道："我们活不到那个时候，我们就双双自杀了。"

周雪竹道："哟，自杀我可不干！别看我不值钱，可是我对于我这条生命还很宝贵呢。"

赵黛道："那不成，我死你就得死。"

周雪竹道："好好地活着，何必要死呢？我愿意我们都结了婚之后，仍然在一起。"

赵黛道："什么，结婚？我同谁结婚呢？"

周雪竹道："我是这么一说，现在自然还谈不到。"

赵黛道："不，将来也谈不到。我们不是起誓说好了吗？谁也不结婚，一直到死。"

周雪竹道："那多苦恼，虽然我不一定同人结婚，可是我觉得我们这样也不是正常生活。"

赵黛道："不，我不准你说这话．你又变了心，你一定受了刘蔼龄的蛊惑。你告诉我，是不是这样？你说，是不是刘蔼龄跟你说了什么？"

周雪竹见她又急了，忙道："没有，你为什么老提人家？人家什么也没有说，这是我这样想。"

赵黛道："你为什么要这样想呢？竹，我亲爱的竹，我现在实在难受，你为什么这样不爱我呢？"

周雪竹见她这样，自己也好难受，便安慰她道："姐姐，好姐姐，你别难过，我永远敬爱你，我永远不离开你，你放心吧。"

赵黛道："那你为什么要说这话呢？我不信，你一定变了心。"

周雪竹道："不是的，我实在替你设想。你这样做，不是把自己陷于苦恼里呢？"

赵黛道："怎么算陷于苦恼里呢？"

周雪竹道："你看你这样哭哭啼啼，不见了我便十分悲哀，这不是自找苦恼？这里有什么快乐呢？你一难过，我也跟着难过，这都是图什么呢？"

赵黛道："皆因你要变心，才使得我苦恼。假如我们永远相信无猜，我们一辈子也不会苦恼。"

周雪竹道："固然是那样说，可是我们已经超过相信无猜的程度了。我们有点太过了，能过得适当才好。"

赵黛道："怎么叫太过？"

周雪竹道："你想，我出去一会儿，你便胡猜，见着刘蔼龄，你又胡猜，这不是太过了吗？"

赵黛道："好，以后我绝不这样了，你若是出去，我也不苦恼了，这成了吧？"

周雪竹见已经说到这里，只得答应了，她道："明天你同我一块儿上刘蔼龄那里去，这办得到吧？"

赵黛道："办得到办得到。"

她们说着，晚餐到了，她们便去吃饭。灯下，赵黛给周雪竹整理衣服床被。第二天，她们便一同去找刘蔼龄。在途中周雪竹忽然想起来，她对赵黛说是到刘蔼龄那里是为取书，但刘蔼龄并不知道，到了那里，一说漏了，赵黛岂不起了疑心。但自己又不能先单独对刘蔼龄说了。这怎么办呢，她越想越着急。

到了那里，刘蔼龄把她们让了进去，周雪竹先给他们介绍了。刘蔼龄一见赵黛高高的身量，颇有点健康美，眉毛秀而细，如同两

160

支宝剑，眼角也清秀可喜，很带些英俊的神气。像这样的女人，也会像周雪竹所说的那样柔情，十分奇怪。可是话又说回来，一个须眉丈夫，到情长的时候，也颠倒昏迷．魂飞气短，何况女人呢？人这个情实在是不可测，像赵黛这样对异性和别人都冷淡的人，说不出她是有感情没有。

刘蔼龄让座，他刚要说话，周雪竹道："刘先生，我昨天求您找的那本书，您找出来了吗？"

刘蔼龄一听，昨天她哪里叫我找书，这一定是哄赵黛说的，自己不能不随口答音地说下去，为助成周雪竹这个谎话。他道："哎呀，本来我今天可以找书来。可是昨天有朋友来，一直玩到夜里才走，我竟没有出门。实在对不住，明天我再给您找去吧。"

周雪竹道："那么就不忙了，过两天也可以。"

刘蔼龄道："反正我明天给找出来，您哪天来取都没关系，我知道您是很忙的。"

周雪竹笑道："我不忙，刘先生才忙呢。"

刘蔼龄道："赵小姐和您同班吗。"

周雪竹道："不同班，比我大一班。"

刘蔼龄道："不同班而感情这样好，可见赵小姐脾气一定不错。"赵黛笑了。

刘蔼龄道："那么对于功课上面，您也得到很大帮助了？"

周雪竹道："可不是。"

刘蔼龄道："赵小姐有好朋友吗？"

赵黛道："我没有好朋友，我的好朋友就是她。"说着便指周雪竹。

刘蔼龄道："我说的好朋友是指着异性说的。"

赵黛道："异性的没有，不但好的没有，连不好的都没有。"

刘蔼龄道："那为什么呢？"

赵黛道："不为什么，我觉得干什么交朋友，像我这样毫无牵挂不是很好吗？"

刘蔼龄道："是的，毫无牵挂确实很好，可是恐怕免不掉有所牵挂吧？"

赵黛道："怎么见得呢？"

周雪竹看了刘蔼龄一眼，刘蔼龄道："我是这么一猜，想到您这样美丽，不会没有牵挂。"

赵黛道："我一点也不美的。"

刘蔼龄道："赵小姐的两道眉毛最好，将来走到眉毛运的时候，一定不错。"

周雪竹道："刘先生还会相面吗？"

刘蔼龄道："虽然不精，可是知道一点儿。"

周雪竹道："那么请您给我们两个人相相，看我们的运气如何？"

刘蔼龄道："只看您信不信，如果不信，我就不说了。"

赵黛道："只要您说得对，我们就信。"

刘蔼龄道："我这相面，并非麻衣，也非柳庄，一点也不江湖。说得对了，您也别喜欢，说得不对，您也别恼。我也不跟您要什么，我是以道交友，说对了，您就给我传个名。"说得她们全笑了。

周雪竹道："您这还不是江湖吗？"

刘蔼龄道："说真的，我这相面完全是以经验得来的，说运气好坏那是瞎说，不过我可以由相貌之谈上看到她的个性、天才、嗜好等。拿这个性、天才、嗜好等，来推测她将来的处世能力，应付环境，事业发展，便有几分把握了。"

162

周雪竹道："人的相貌与心理有关系吗?"

刘蔼龄道："当然有关系。然而这关系也非常科学，比方目斜视的人不好，其实是他心里先不好，然后养成斜视的习惯。相书上所谈，全可以用科学解释，一点儿也不神秘。"

周雪竹道："那么您看看我们是怎么一种个性。"

刘蔼龄道："我先相赵小姐吧。赵小姐是一位富于感情的人物，可是自尊心很厉害，为了一件小事能够笑半天，而一件很严重的事，却能够处之泰然。"

赵黛点了点头，她道："刘先生怎么知道我为一件小事能够笑半天，这一定是有人告诉了您。"

刘蔼龄道："没有，我是从面相上看出来的。"

赵黛道："我真不信您会相得这么准确。"

刘蔼龄道："真的，我这是科学的方法。"

周雪竹道："不管是科学不科学，您看看赵小姐将来幸福怎么样?"

刘蔼龄道："赵小姐将来一定有个好归宿，得到一个好对象。"

周雪竹道："这个对象什么样?"

刘蔼龄道："当然是个很英俊的男性。"

赵黛道："不对，这相得太不对了。"

刘蔼龄道："怎么见得不对呢?"

赵黛道："我根本没有男性朋友。"

刘蔼龄道："这是将来的事，您怎么能够预知呢?"

赵黛道："因为我已经抱独身主义，一辈子也不结婚。"

刘蔼龄道："这就不对，独身主义只是一说。按着人类进化来说，人是必须结婚的，赵小姐并没有理由要抱独身主义。"

赵黛道："我不要理由，我就要独身，我就不结婚，这不是很好办的吗?"

　　刘蔼龄道："这不那么简单的，先说是不成的。像赵小姐这样美丽，将来免不了男性的追逐。在那个时候，赵小姐拿出那温情来，叫那个青年努力他的前途，为您而创造事业。那时赵小姐是多么荣耀，多么快活呀。假如您抱了独身，不但什么事业都做不了，而且违背了人生的意义。"

　　赵黛道："您说爱情可以鼓励前进吗?"

　　刘蔼龄道："当然。"

　　赵黛道："那么同性爱与异性爱是一个样的。"

　　刘蔼龄道："不一样，同性和异性的恋爱绝不一样。"

　　赵黛道："怎么不一样呢?"

　　刘蔼龄道："这理由多得很，现在您是没有得到异性安慰的快乐，假如您得到异性安慰的快乐，您一定不会这样感觉了。"

　　赵黛道："不，我永远相信异性伴侣没有同性伴侣快乐。我以为异性的安慰是猥亵的，同性的安慰是纯洁的。"

　　刘蔼龄一听，这简直无法再说了。他以为要改正赵黛的思想，不是语言所能奏效的，非实在去给她经验不可。可是怎么能够那样办呢? 他有点束手，他只有做最后辩论说："这是您的错误，您把异性的安慰认为是猥亵，这是您的青春还未成熟。须知爱情和灵肉是一致的，异性的爱，才是真正的爱，同性的爱才是违反正常。再者一个女性，必须有她的优点，女人的优点就是富于母爱，男女同交，可以发挥她最伟大的母爱的。"

　　赵黛道："不，我以为同性相爱，才是真正的母爱，异性的是一种欲爱了。"

164

刘蔼龄一听，不由觉得有些窘，简直怎么说也是不成功，连周雪竹都替刘蔼龄为难。本来她听刘蔼龄的话，觉得非常对的，可是赵黛总是相顶的。她很生气，可是她又不能帮助刘蔼龄说，怕赵黛疑心。

赵黛和刘蔼龄辩了一会子，也没有结论，闹得很僵，谁也不肯屈服。

屋里沉默了一会儿，赵黛道："我们该走了。"

刘蔼龄一看，怕她生了气，便道："不忙，再谈一谈，我们谈一谈别的吧。"

他觉得直接谈这个问题，有点太直了。周雪竹也怕弄得不欢而散，以后更难常见，所以也说道："我们谈一谈别的，这么走多不合适，仿佛跟刘先生打了架出去似的。"赵黛也笑了。刘蔼龄遂又谈了些别的，她们才告别出来。

刘蔼龄感到今天被一个女人所窘迫，心里实在不痛快。他想，不但周雪竹要失望，赵黛恐怕都看不起他了，以后再见面时，最好单独和赵黛谈，非叫她心服口服不可。刘蔼龄是这样想着，而周雪竹却没有完全感到失望，因为她知道赵黛的思想是非语言所能奏效的。

她同赵黛回来，她想再有机会，还是同她去。过了两天，她道："我出去买趟东西。"

赵黛道："你到哪儿买呢?"

周雪竹道："我到市场。"

赵黛道："我也去。"

周雪竹道："我去一会儿就回来，你在学校等我吧!"

赵黛一听，不觉怀疑起来，她道："你一定不是光买东西，你告诉我，你还要上哪儿去？"

周雪竹道："真的，我买了东西就回来。"

赵黛道："我绝不相信，为什么你不叫我同你去？"

周雪竹道："外边多冷，何必你跟着受罪呢？"

赵黛道："不，你说，你还上哪儿，是不是到刘蔼龄那里去？"

周雪竹道："哎呀，你一说，我才想起来，我还得到刘蔼龄那里取那本书去。真的，我还忘记了。"

赵黛道："什么呀，你根本就是到他那里去，你假说买东西，你以为我不知道。哼，我早知道你一定受了刘蔼龄的诱惑。"

周雪竹道："胡说，我同他完全是友谊地位。"

赵黛道："什么友谊，他那人是最坏的。"

周雪竹道："坏吗？你不是见过他一次，他准坏吗？"

赵黛道："他坏，他一定坏。"

周雪竹道："但是他并没有向我使过坏。"

赵黛道："即或向你使，你也不能说他坏。"

周雪竹道："这样吧，我去买东西，你去到刘蔼龄那里替我取那本书，这成了吧？我不去，你去，这你还有什么可说的？"

赵黛道："好吧，我替你取去。"

周雪竹道："可是你上次没听他说吗，他说你很美丽的，他一定很爱你。这次你得留神，他也许向你挑战呢。"

赵黛道："哟，那我就不去了。"

周雪竹笑道："我这是说着玩呢，不过他是很爱你的，我可以断定出来。"

赵黛道："不，他爱你，他不会爱我。"

周雪竹道："不，他是爱你的，你不信你就去，他一定要表示

166

爱你。"

赵黛道："他向你表示过吗?"

周雪竹道："没有。"

赵黛道："那他也不会向我表示，根本他知道我是不赞成异性爱的。"

周雪竹道："或者他也正因为你这一点所谓纯洁，他更爱了你。"

赵黛道："不管他，反正我有我的主意，拿了书我就走，根本不同他多谈。"

周雪竹道："谈也没有关系呀，走，我们一起出发。"

说着她们便一同走出来，周雪竹往东城去，赵黛便到刘蔼龄这里来。她走到半途，心里又犹豫，本来方才是怕周雪竹和刘蔼龄有什么恋爱的事，为使他们不见面，所以才答应替她取书。现在想起来，自己一个人和刘蔼龄见面，多么难为情呢? 他究竟是男人，自己究竟是女人。她这时便觉得自己是女性来了，当她和周雪竹在一起的时候，自己总好像是男性似的。对于别的男性，仿佛是"相骗的"而不是"相吸的"。现在她来找刘蔼龄，猛然引起自己埋葬已久的处女的情来。

本来无论男女，一个人总具有两性的性格。因为人是细胞组织成的，细胞是雌雄两性，所以组织成一个人，也见有雌雄性，不过因着生理的关系，而两性有强弱之分就是了。偶尔在一个男人，也会有女性的性格出现；在一个女人，也会有男性的性格出现，这一点也不奇怪。女人在她的男性的性格强烈时，她的女性性格便低微下去，若要把她这种男性性格消灭，最好把她的女性性格引发出来。赵黛一向男性性格特别发达，所以她竟主张同性爱，而不喜欢同异性接近的。今天她来见刘蔼龄，因为她知道刘蔼龄是最爱女人的男人，于是便感到自己是个女性了。

见了刘蔼龄，现出不自然的神色。刘蔼龄见她突然一个人来了，十分奇怪，连忙让座。赵黛道："我今天是负有使命来的，周雪竹叫我给她取那本书，您不是说随便哪天取都成吗？皆因她没有工夫，所以叫我取来。"

刘蔼龄一听，明白八九，一定是周雪竹要来，她不放心，周雪竹乘机便叫她一个人来了。可是他又为难了，因为他那天说书找出来，不过是一时权宜，以后周雪竹再来一趟，这事便可以揭过去了，谁知今天偏巧赵黛来取，假如说还未找出，那未免太不合适，但是说找出来，这书给她什么呢？他道："不忙，请先坐下谈谈，书已经找出，就在书架上呢。"赵黛以为非要书马上就走不可，也太显着不近人情，她只得坐下了。

刘蔼龄道："周小姐呢，怎么没有同来？"

赵黛道："我不刚说过了，她因为有点儿事，所以她不能来。"

刘蔼龄一听，真厉害，她一点也不婉转，非得先窘她不可的，遂道："哦，我忘了。"

赵黛道："因为您很惦记她是不是，我回去一定替您说。"

刘蔼龄道："是的，我很惦记她，但是您比我惦记得还厉害，要不然您不会替她来的。"

赵黛一听，果然说不出话来，她有点窘迫。刘蔼龄又道："听说赵小姐脾气很好，永远没有同谁吵过架，是不是呢？"

赵黛道："谁也不同我吵架，所以我落个好脾气。"

刘蔼龄道："人家不同您吵架，也就是因为您脾气太好的缘故，假如……"

赵黛道："假如什么？"

刘蔼龄道："先不谈吧。"

赵黛道："您为什么要说半语子呢?"

刘蔼龄道："我怕您发脾气。"

赵黛笑道："不是方才您还说我没有脾气,怎么现在又怕我发脾气呢?"

刘蔼龄道："不,这句话容易叫您发脾气。"

赵黛道："不见得。"

刘蔼龄道："那么我就说了。假如像您这样温柔,您这样美丽,来安慰一个有为的青年,那他是多么高兴呀!"

赵黛道："凭什么我去安慰他呢?"

刘蔼龄见她毫不忸怩,心说真难办,他道："那么叫他来安慰您。"

赵黛道："我不需要安慰,刘先生把书给我吧,我要回去了,因为周雪竹还在等着我呢。"

刘蔼龄这时反倒有些窘迫,他一声不语,由书架上随便拿了一本书给她道："那么改天见。"

赵黛道："哟,刘先生这样待客人,是有失礼貌的。"

刘蔼龄道："是您来这里吵架,吵完架就走的。我同您说着话,您立刻要走,这不是看不起我吗? 我为什么同一个看不起我的人谈知心的话呢?"

赵黛笑道："我没有看不起您,不过我不喜欢说这种话。"

刘蔼龄道："实在对不起,这些话还全是我赤心肝胆的话。"

赵黛道："怨不得人家都说刘先生坏,刘先生的确……"

刘蔼龄道："刘先生的确坏吗?"

赵黛笑着点头道："嗯。"

刘蔼龄道："那么请您再给我十几分钟的机会，容我剖辩一下，可以吗？"

赵黛道："好吧。"

他们又坐下了，刘蔼龄所以剖辩，就是没话找话，按说他是没有词。他道："本来，我也不想辩白，对于我不认识或是认识不清的人，我向来不愿说我自己的话，因为说也是白说。赵小姐虽然交情不深，但我很喜欢和赵小姐交朋友，所以不妨深谈一谈。了解一个人，是非常困难的，外边有许多对于我的传说，都未免过甚其词。深引为憾。我是一个主张爱情要自然的人，可是也不是个人主义者。我不愿意爱情太自私了，能够牺牲，也就是伟大。一个恋爱对象，不管是男是女，不容易完全合乎自己理想，即或有个完全合乎自己的理想，而自己是不是合对象的理想也还成为问题。所以净顾了自己合适的人，他是不会伟大的，也永远不会有幸福的。如果想得到真正的快乐，能够有牺牲的精神才成。比方自己喜爱一个有钱，有势力，有学问，有品格的人，这是人之常情，差不多都是这样想。可是人不能十全，自己找到的只有学问有品格，那么对于有钱有势力这一层，可以牺牲了，这样就是伟大。如果非想找有钱有势的，那他永不会得到快乐，希望越大，失望也越大的。况且即或找到了，而又遇到比这个还好的人，于是又变更了目标，这尤其不对。假如自己有了爱人，再发现比他还好的人而自己不再转移，这种牺牲精神，就是伟大。世界上的青年男女，如果有这牺牲精神，他便是幸福的。我说这些话好像于我无干，不过可以见我的主张是怎么一个人。我常常这样想，只要有人得到我的安慰而快活，我便把安慰给她。有人得了我的安慰，她满足了，把我抛弃了，而还给我撒许多流言，这原因是她们太自私了。"

赵黛道："别人找您求爱，您不会不给她们爱吗？"

刘蔼龄道："说得很好，到时候也就不由自主了。我承认我的缺陷就是感情太重，可是我又主张人必须有理智，这是我自己的矛盾，世事没有完全近情而又合理的。恋爱按感情上说，是越多越好。女人就跟钱是一样的，钱是越多越好，女人也是越多越好，有时说这钱不是自己的，不应当得它，可是怎么不是自己的呢？不是自己的又是谁的呢？为什么我不能多得呢？自己想得而不去得，这完全不是自己的感情的作用了。对异性也是如此，凭感情上说，是无女人不爱的，但人类就凭他的一点理智，一点自尊，不能那样做出来。我爱女人不错，但我总以对方得到我的爱而快乐，不愿使她有一点苦恼为原则，否则我宁肯忍住不爱。可是话说回来，我虽然没有给过对方苦恼，可是女人们给我的苦恼，却算也算不过来了。我不怨女人，因为女人是感情胜过理智的，所以她们都有点自私。"

赵黛道："异性恋爱，既然有这许多苦恼，所以我才不主张异性恋爱。"

刘蔼龄道："不，所谓苦恼只是没有做好，同性恋爱何尝没有苦恼？异性的爱，并不是两个人凑在一起，而是两个半人，合成一个罢了。在一部分女性对于男性实行反对的过渡期，女性是女性的立场上觉醒了，男性大约也是被反动的女性弄得束手无策，不知不觉间也觉醒于男性的立场了。于是两性都醒悟自己，只是半个人。以往以男性为主体、女性是附属品而生活着的时代，已成陈迹了。阳春一到，百鸟齐鸣而求异性，不会鸣的萤虫，亮其身以使异性知自己之存在。大自然绝对没有忘掉完成伟大意志的手段。这样的生殖本能，乃是对于种族保存之自然的意志。同性爱，无疑是摧残人类自然进化，所以我反对同性爱。"

赵黛听了刘蔼龄的话，果然有些动容，她默默不言，坐在那里沉思。刘蔼龄知道她已经幡悟过来，他又接着道："您是一位多么美丽的小姐，您一定能够接到许多异性的追逐，希望您如果遇到这种时候，千万不要辜负了他们的热情。只要您给他们一点安慰，他们就快活得了不得了。"

　　赵黛一听，有些赧然，刘蔼龄道："您的眼睛是最动人了，颇带着侠情柔爱，不知有多少人倾倒过，而您并未自觉啊！"

　　赵黛想了想，又拿出小镜子来，用粉纸在脸上擦了擦。而其实她是在看自己的眼睛，是不是像刘蔼龄说的那么美丽。

　　刘蔼龄又接着说："现在说到您和周雪竹的事，您现在再想一想，您这样把周小姐看作是您所有，这是不是有点滑稽？况且她还有她的青春，她还有她的幸福，她还有她的前途。您既然爱她，您就不能把她当作牺牲品哪！"

　　赵黛道："那么您是不是很爱她？"

　　刘蔼龄道："爱是爱，不过这爱是广义的，不是恋爱的爱。"

　　赵黛道："不对，我相信你们一定有了爱情，不然您不会替她这样解脱。"

　　刘蔼龄道："我之所以这样正是因为您。"

　　赵黛道："因为我？我不相信。"

　　刘蔼龄道："实在的，我觉得您若是发挥您的女性优点，您实在是一位美丽侠情的姑娘啊！"

　　赵黛道："我还不明白，您怎么会是为我呢？"

　　刘蔼龄道："因为我要您发挥您本来的女性美。"

　　赵黛道："发挥不发挥，又与您有什么相干呢？"

　　刘蔼龄又窘了，他结结巴巴没得可说。

赵黛道："您还是为您，我看。"

刘蔼龄脸红道："这怎么讲呢？"

赵黛道："因为您爱了周雪竹，您把她解脱了，她便归您所有了。"

刘蔼龄道："您光这样说是不成的，日子长了，您慢慢看。"

赵黛道："不用慢慢看，现在我就已经看了出来。"

刘蔼龄道："怎么看了出来？"

赵黛道："您同她订好的计，你们两个人摆脱我一个人。"

刘蔼龄忙道："不，绝对不。您这话绝对错误，您何以见得呢？"

赵黛道："我自然有证据，不过我可以向您表示，我是绝对退出。我方才听了您的话，虽然您是一种策略，可是我觉得很对。我想我和周雪竹恢复了正常的友谊，但是您千万不要暗贺您的计略成功，那样您就是欺骗了我。"

刘蔼龄道："不，我可以发誓，我和周小姐绝没有一点爱情维系，也绝不是订好了的计。这完全是我的诚意，贡献给赵小姐。"

赵黛道："那么您说您和周雪竹不是订的计划，那么我问问您，周雪竹到底和您要的什么书？"

刘蔼龄道："就是这本书呀！"

赵黛道："就是这本书？您看看这本是什么书？我不相信周雪竹会跟您找这本书，而且您又找得那么费事。"

刘蔼龄一看，那本书却是《新旧约全书》，自己当时没有理会，以为随便一本书给她，就把这幕揭过去了，谁知却拿了这么一本呢？他的脸更热了，更不知要说什么。

赵黛道："周雪竹她有这种书的，她为什么还问您要呢？"

刘蔼龄这时无法，只得承认是周雪竹的主意，可是他说："我敢发誓，我是为了您的。"

赵黛道："怎样能够叫我相信呢?"

刘蔼龄道："在您接受我的爱的时候。"赵黛低下头去了，心里有些快活。

刘蔼龄道："您这时可以相信我了吧?"

赵黛道："您的话是真的吗?"

刘蔼龄道："您要知道，我说出这句话来，要失去我的自尊心的，我能够这样撒谎吗?"

赵黛又不言语了，她想到接受刘蔼龄的爱，好像给自己一个新生的意味，非常快活，可是究竟难为情。刘蔼龄这时看她已经露出处子的温情来，不由接近了她。她有些心跳，心里想着拒绝他的拥抱与接吻，但她竟没有力量表示，终于倒在刘蔼龄的怀里。

正这时，他们陶醉在温柔甜蜜里，他们暂时忘却了世界，有人轻轻进来，他们一点也不觉得，等到那人来到跟前，他们才知觉出来。刘蔼龄一看，不是别人，却是王晓风，他真说不出来怎么一种窘迫。王晓风哼了一声，转身便开门走了。

# 第七回　无条件降伏

　　刘蔼龄见王晓风一走，当时真是手足无措，不知怎么办才好。他叫了她两声，她也没应，走去了。

　　赵黛见刘蔼龄这种神气，不由十分奇怪。她离开了他问道："怎么一回事？"

　　刘蔼龄垂头丧气，一声不语。赵黛道："您告诉我，她是谁，她是您的情人吗？"

　　刘蔼龄道："唉，不必说了。我们谈我们的。"

　　赵黛道："您先跟我说，她是谁。没有关系，我原谅您。如果她是您的情人，我可以给你们说好，我不愿意为了我而破坏你们的情感。您说她是谁呢？"

　　刘蔼龄道："我说她是谁，您也无法去说。"

　　赵黛道："我一定给您去说，我同她说明我们的关系，说明您是怎样出于不得已，她就可以释然了。"

　　刘蔼龄惊喜道："真的吗？"

　　赵黛道："当然。"

　　刘蔼龄便把王晓风的姓名和学校，及和她恋爱的经过都说了，并且说希望赵黛把王晓风说回来。

赵黛一听，心里说道：可见您还是爱她，不是爱我呀。她不高兴了，可是她表面还说："好吧，我一定给您去说。我现在走了，明天我也许来看您，这本书不用给周雪竹带去了吧？"说着笑了一下，她也走了。

　　刘蔼龄十分悲哀，他想怎么才能叫王晓风回来呢？赵黛一说，也许能够回来的，赵黛颇有点豪侠之气，不至于不管。他尽在家里等待好音。

　　谁知等了好多日子，也没有消息。不但王晓风不再来了，就是赵黛和周雪竹也不来了。他想道：周雪竹为什么也不来了呢？为了她的事，总算给她尽了不少心，现在她的事解脱开了，也不再理我。唉，女人！究竟说不出她们是不是有感情，看着她们爱的时候，的确是真爱，但是不爱的时候也是真不爱。因为有过爱的真诚，所以刘蔼龄还在等着她们。

　　又等了好多日，也不见她们一个人来。他生气了，又悲哀又颓丧。他给王晓风写信，仍做最后的哀求，希望她谅解，但是都无反应。他又给周雪竹写信，说为她而失去了好朋友，非常悲哀寂寞。他想周雪竹看了他的信，还不赶快来安慰他吗？谁知信去了，如石沉大海，仍然是没有回音。他恨道：女人，永远是利用人的人，寂寞了，找男人来消遣消遣，有了新发现，就走得不再回头，永不再理。即或把以前的十分恩爱，再留给一分呢，连一分也不留。感情是这样不可靠的东西，他气恨烦恼，早知这样，那时还不如根本不理她们呢。

　　他正在寂寞无聊憎恨女人的时候，他最大的敌人柳燕又来了信，并且给他寄来三张秋叶。已经在书本里压好了的秋叶，叶子是绿的，而有白色的边沿，一张白色的边蚀进得深些，剩了一个绿心，非常好看。一张蚀得尤深，那白色纵叶筋往叶心去侵蚀，几乎成了白叶，像一张雪白的纸上，洒了一滴绿墨水，尤为美丽。

看着它，又发起怔来，唉，这是冤呢还是缘呢？她为什么忽然又想起给我寄这叶子来？真奇怪，她既然骂我是女性公敌，为什么还要理我呀？既然骂我是无女人不爱，她就忘了她是女人了吗？也许她又寂寞了，拿我消遣消遣？也许是她这时又觉悟她以往对我观念的错误，她又谅解我了吗？也许她真的爱了我吗？也许是她知道我现在失恋，故意拿我开玩笑吗？刘蔼龄翻来覆去地想，只是想不出所以然。而自己应如何应付问题，也就无法解决。写不写信呢？写回信以后自己再上当，岂不仍是被她玩弄了？不写回信呢，又禁不住自己一阵一阵地一往情深。

刘蔼龄把信放在一旁，决心不写回信，以前曾受了柳燕好几次骗了，虽然现在自己仍是爱她，但也决不再给她写回信，不然太叫她看不起自己了。想得很好，可是看了那秋叶，又觉得非常可爱，因为叶子可爱，于是又觉得赠叶子的人儿是多么可爱了。刘蔼龄的心一动，况且不写信又觉得无聊，于是心里又动了起来。拿起柳燕的信，又看了两遍，看她的意思是那么温柔，一扫她以往的骄傲。刘蔼龄又把笔拿起来，铺开信纸，还是写信。

把柳燕的名字一写，又住下了笔。说什么呢？客气几句，没有意思，交朋友光客气还交什么呢？她对于自己是这样温情热意，自己怎么好客气呢？或是自己一往热情里头写，又容易叫柳燕误会，以往都因为自己太诚恳，写出信来，反而叫柳燕说自己太轻薄了。怎么写呢？这真难了。想了想，一赌气，又把笔放下了，还是不写吧。写这一封信这么难，思索半天，顾虑这么周到，寄到柳燕那里，反遭她一顿抢白，这图什么呢？算了吧，与其说信上得罪了她，还不如不理好了。他把柳燕的信收起来，把那三张秋叶压在玻璃垫底下。看了看，越发好看。他又想到柳燕，无论她以往对自己是什么印象，而今天能够寄这美丽的秋叶，究竟总算她想着自己。她说树上拣好了叶子，然后又采下来，压在书底，压好了，又挑选三张不同样的给自己寄来。按这点工夫来说，已经感谢她的了。他想到这里，又坐下了，拿起笔来，还是写信。随便写几句感谢的话，也就成了。

他开始写道：接到寄来的秋叶，十分欣慰。这些日子正在愁云惨雾中，对于一切都感到无聊，自接到这张秋叶，却又把我带到春天来了。我怎样感谢您呢？写完了这个还写什么呢，和她谈什么呢？仍是谈点儿恋爱的问题，为了使她多了解自己，可以向她表示一下自己的意思吧。于是他便提到以往由黎滨起，以至王晓风、周雪竹一档一档地写着。写得很长，表明他对于女人，不是他见异思迁，而表示他是如何钟情于女人，女人却全以他做消遣。

写了几页，写完了一看，又觉得不好了，给她写这些话，有什么用处呢？这不是等于向柳燕乞怜吗？并且她看了自己的信，她一定笑自己这样是交浅而言深，不是傻吗？费了这么半天劲写了这么许多，寄到她那里，她一定说，这傻家伙，写这么多没用的话，说给我干吗呢？说我总还是好的，恐怕多半她要说：这坏人，又装模作样地给自己辩护了，真无聊！这人真是惹不得，给他写篇信，便招惹他一大套无聊的话，谁有这闲工夫跟他闹这把戏呢。如果那样，自己的尊严，便要没有了。

想到这里，把信又放下了，还是不给她寄吧。是非只为多开口，烦恼皆因强出头。拉倒吧！他把信放在抽屉里，并没有撕。刘蔼龄便有这点毛病，写完信如果看着不好，他并不撕，而把它收起来，好像他自己知道自己的毛病，说不发也许过两天又发。果然他把信收起来之后，刚要出门，又想不起来到哪儿去，他一想到寂寞，于是又把给柳燕的信拿了出来，看了看，觉得一片赤诚，连自己都要被感动了。他想也许柳燕看了，当真受了感动，了解了自己，而加以同情起来，也未可知。想到这里，仍是把信封好，拿出去发了。

这封信到了柳燕手里，她打开一看，写得很多，她不由很欢喜，她便一张一张地看，看到刘蔼龄仍是表示爱她的话，她很高兴。这高兴不是因为爱了刘蔼龄而高兴，是因为有人爱自己而高兴。这是女人的通病吧，凡是有人追随她时，她一定很欢喜的，虽然她不一定是爱人的。柳燕看完了刘蔼龄的信，虽不信他的话是真的，但也没有恶感发生，她笑了笑道："刘蔼龄这么坏的人，也要装模作样写这种诚恳的信。可惜他这文章，被他的聪明减去了价值。这要是在别人写，当然是一篇好文章了。在刘蔼龄手里写出来，却看得像油腔滑调了。"

柳燕对于刘蔼龄的印象，总是坏的，虽然喜欢他的聪明，但一看到他的文章，听到他的话，总以为是假情假意。她知道刘蔼龄是爱她，可是她又知道刘蔼龄也爱着别人，她又知道刘蔼龄爱女人，完全是玩弄手段，不是真的。而她又纳闷为什么总有女人爱她，想必他有他足以使女人爱的一点魔力，这点魔力或者就是他的聪明。

柳燕想了很久，决定怎样给他写回信。柳燕是喜欢他的，但只喜欢和他交朋友，而不喜欢和他谈恋爱。现在接到他的信，对于他不提恋爱的事，只是瞎扯别的，即或提到恋爱问题，也是痛驳他一番，指摘他的虚情假意，叫他知道自己不是随便叫人耍的，他也就歇了心，安心和自己交朋友了。想罢，便去写信，几乎是句句驳他，真是痛快淋漓。

写好了一想，不好，原是想通信和他交友，这样一来，倒好像打架似的，何必呢？于是她又把信撕了，又和和气气地写了一封回信，但又不能过于和气。过于和气，又叫刘蔼龄看着自己太好对付了，在信里总还要驳他几句。又看了看，寄走了信。

信到了刘蔼龄手里，他说不出来的喜欢，还没拆开便吻了好几遍。刘蔼龄打开柳燕的信，一看里面，不由又有点生气，他道："这位小姐也太矫揉造作了，跟她诚恳地谈着，她都跟自己甩风凉话。她既然总看我无诚意，我为什么还要和她交朋友呢？和一个总怀疑自己的人交朋友，不是枉然吗？"勉强和她假意敷衍，而自己又没有这种耐性，他是不喜欢和一个不爱自己的人相敷衍。

刘蔼龄把那封信又看了一遍，仍然是气不能消，他想在这信里面再找出一两句使自己高兴的话，也可以免去烦恼，可是虽勉强找出来，而看到别的话，反而越叫自己不高兴。他拿着信发怔，想着自己固然生气，而柳燕到底可爱，他的心又活动了，仍要给她写回信，愿以最后的忠诚来感动她。他拿起笔来，刚要写，忽然灵机一动，把笔扔下道："算了吧，别再泄气了，这已经够给她消遣的了。真泄气，人家随便几句话，就引得自己一大篇诚恳的话，太叫人看不起了。像这样控告自己，还要给她写回信，也真太无男人骨气了。"他恨恨地站了起来，仍是看着柳燕的信皮，他又道："这也就是柳燕，若是换另一个女人，我早就把信撕得粉碎。"

刘蔼龄把信收在抽屉里，在屋里徘徊，他又要写回信，仿佛不写回信，心里不舒服似的。他的理智对他说道：刘蔼龄，你还要泄气到底吗？你甘心做俘虏吗？你甘心无条件降伏吗？把你的男子气拿出来！他一赌气，走到大街上散步，出了门还能写信吗？

刘蔼龄穿了大衣，走出门来，街上人真不少，可是他无心去看，只是一心仍是想着柳燕。这回他想开了，想想她也是消遣一法，她怎么拿我消遣呢，我也这样地拿她消遣。他一直走到了西单商场。他一边想着，一边进了商场。这真巧，迎面却来了黎滨。黎滨一个人，似乎是来买东西，看那样子是越发安详与美丽了。他不禁大喜，迎面叫道："滨！"谁知黎滨却没有理他，他又用大一点声音叫道："黎滨！"黎滨仍是不理，走过去了。刘蔼龄翻过来又叫了一声道："黎小姐！"她仍是不理，向前走去。刘蔼龄一共叫了她三声，她都不理，自己也就不再叫了，怔怔地看着她走远，这才怅然走去。

这真是冤家路窄，他又遇见王晓风。她跟别的一个青年，王晓风见了刘蔼龄，却只是一歪头过去了。刘蔼龄也想到这么一手，他不像方才那样窘了，可是他越发悲哀自己的寂寞，同时又恨女人是这样薄情。他不想再逛了，只得出来往回走。不想又遇到周雪竹，也同着一个青年，他料到她也是不会理自己的，所以自己就低头走了过去。果然他听得周雪竹同那男人谈得很亲热，一点也没有招呼他而过去了，刘蔼龄冷笑了一声。

这时他倒不悲哀了，他只有冷笑，同时他又觉得自己已经大彻大悟似的，没有了烦恼，没有了悲恨，女人的确能够使人成仙的。他飘然走回来。

经此，刘蔼龄决心不再理女人，想起以往所交的女人，哪一个人又来慰问过自己呢？她们有了她们的前途，她们不再理自己。就以很坦白的周雪竹说，和自己是很纯洁的友谊，她也会利用完了，而抛弃不理。可见在女人的友谊里，都不能坦白，不能纯洁。他想着，拉开抽屉，想写日记，却一眼又看见了柳燕的信。他觉得柳燕到底可爱，在这个时候，大家都离自己而去，唯有柳燕还理自己，不管她是怎样不信自己，可是她总没有忘了自己。他想，一个女人的心，很容易得到的，一定很容易失去；不容易得到的，也一定不容易失去。永远得不到，那就另说了。柳燕如果爱了自己，即或是交朋友，她绝不会像别的女人那样轻易把自己抛弃的。

想到这里，他又拿出信纸来，仍旧给柳燕写了回信。其实，他完全想错了，他不了解柳燕，而柳燕也并不了解他。两个人根本没有深谈过，光凭几封信，也是不能互相了解。永远不了解，也永远没有深交的可能。他们连普通的友谊都够不上，而偏要往爱情的路上走，这不是极不可能吗？

刘蔼龄给柳燕的信，写得比上回还要诚恳，把今天所有的感触全都发泄出来了。而过两天接到柳燕的回信一看，只是寥寥两三行，说道："假如您只有谈情说爱，而才通信的话，那么我们停止我们的通信吧！"刘蔼龄一看大惭又大气，心想：通信是她先通的信，结果倒抢白我一顿，真是岂有此理。不通信就不通信，我也没求着谁告着谁。我就会谈情说爱，我若不是为谈情说爱，我还不同你通信呢。交朋友？哪一个女人能够纯洁地交朋友，不都是有个对象之后，便把一切的朋友都抛弃了吗？我爱你，我就说爱你，你叫我说，那还有什么意思，吹了吧，别找这麻烦了。

他毅然决然地把柳燕的信撕了，不再理她。他的意思是，作为一个男人，我不能屈服于女性之前，不爱都使得，叫我哀哀乞怜，我是不干的。即或女性不附属于男性，但男性也不能下于女性的。

柳燕的意思是这样，不管你是多么强硬的男性，多么坏的男性，她要以她的美丽和聪明，把男性弄得服帖。她拿刘蔼龄比作虎，即或是一只虎，也要它伏在美人脚下，听美人的喝遣。她并且有把理想做成事实的自信，她说女人的字典里没有难字，至少我柳燕一个人不懂得什么叫办不通。她知道刘蔼龄是一个很聪明的男人，如果能把他治好，一定可以成为一个有用的人。

两个人都想彼此互相征服，所以愈趋愈远了。过了很久，刘蔼龄渐渐把这些女人全忘了。可是他对于女人不再同情了，他觉得女人都是骗子，到处骗人的爱情，她们的爱情全是假的，拿香菜根当作人参，骗得意志薄弱的男人，如醉如痴。等到她们得了安慰，或是有了新发现，便又去行那丢包计去了。刘蔼龄对于女人有这个印象，于是对柳燕也更怀疑。

不过他总想和柳燕有个长谈的机会才好，他虽然和柳燕不断通信，并且柳燕的影子无时无刻不在他的脑中，但是他和柳燕已经阔别了三年。在三年之前，他们也仅仅见过四五次面，而且没有深谈过的，他仅仅知道柳燕的美丽，而模样已经有些模糊了。他这时又想见她，又怕见她。去年当柳燕病而住院的时候，他屡次想看她去，就是因为怕见她，所以没有去。最后鼓着勇气去了，而柳燕已经出了院。他又后悔，他又自幸。一直到现在，他还不知见她不见好。她的美丽当然是愿意看的，并且也愿意多谈一谈，但却又因为她太美丽了，才不敢见她。不见她，也许有福气同她通通信，交交朋友；见了她，便能够把这种福气折损了，岂不是还不见的好吗？

他是那样地爱她、敬她、尊重她，可是又有一点恨她，恨她太不了解自己。因为她太不了解自己，同时她的朋友又那么多，于是在爱敬之中，总还有一点失望的心。他也知道这一点失望的心，一辈子也不会去掉，因为他知道他根本不能和柳燕相爱的呀！他明白，即或有爱，也是单恋，柳燕不会爱他。现在他只做这样想，只要柳燕能够了解我——了解是不成问题的，终究是有了解的一天，可是了解之后也未必就爱了自己——在她了解之后，只给我五分钟的爱，叫我吻她一次，便可安慰终身。即或终身不再谈恋爱，都可以办得到。我想一个伟大的女性，大概不会吝惜一个吻，而给一个青年一生的快活与进取。现在最重要的问题是叫她确信我吻她之后，而终身不再谈恋爱的绝对可能，她自然就会不吝惜这个吻了。

他想的是这么周到，而柳燕却认为刘蔼龄是绝不可靠的人，所以即或一刹那的爱、一个短促的吻，都不可能给他。他就是拿出多么诚恳的态度来要求，她也认为这是一种轻薄。对于男人本能地向她求爱，她认为这是男人的卑鄙。可是话又说回来，世界上再也没有一个男人向女人哀哀乞怜为最卑鄙的了，而再也没有一个男人向女人求爱为最合大自然的意义了。只看是怎样的看法，女人如果爱这个男人，这男人向她求爱，她认为这是有勇气的，有热情的。如果女人不爱这个男人，这男人向她求爱，她便说这男人真无聊，真坏。所以世事的评价，完全看感情，而世事的曲正、是非、反对，都凭人的感情来评断，所以想引起一个女人的好评价，必须先要引起她的感情来。

刘蔼龄的做法和这个相反，他是想叫女人先对他有好评价，自然就对他有感情。其实他不知道，女人的评价是从感情上发生出来的呀。他对于柳燕，虽然知道她给自己破坏了好多友侣，并且她对外也宣传自己不好，但心里总还是爱她。他于是又给柳燕写信，柳燕仍是没有给他回信。他完全失望了，但他并不觉得怎样痛苦，因为他根本就没抱着多大希望。他又不希望柳燕真的爱了他，他知道爱了她之后，将来是会给他以最大的痛苦的，他永远在希望与不希望之间矛盾着。现在知道完全无希望了，他也就平心静气。他不再想她，偶尔也会忘掉她。

这天，是一个初春天气，时代仕女们联翩到郊外去玩。春，实在是给人以活跃的心情。刘蔼龄久坐室中，身体不爽了好多日子，

184

他乘此时机到郊外去玩。想起以前，有爱人陪着，那是多么甜蜜快活。以前就没有一天离开过女人，现在却孤单单一个人去游春，想起来有些黯然心伤。

一个人玩得虽然寂寞，但也逍遥自在。他信步走出城外，一个人正在想着什么，忽然一个乞丐跟在后面要钱，真讨厌，自己似乎正有了诗意，仿佛有了"烟士披里纯"，猛然被这乞丐惊走，诗意完全没了，未免大煞风景。刘蔼龄不高兴极了，一个人郊游散步，偏遇上一个乞丐在后面跟着，老爷善心的乞怜不休，真使人心厌。他不理她，那乞丐却跟着不去，他本来有钱，可是因为乞丐这么要着讨厌，所以有也不给。乞丐仍然要个没完，他道："没有，不必跟着。"可是乞丐仍是追着要，大有非要着不可之势。他想假如给她几分钱，她也就不跟着了，但是想着她这么讨厌，于是一分也不给。他便紧走下去，乞丐才叹息了一声，怅然而退。那种失望的声音，使刘蔼龄听了更觉难受。

他猛然想起恋爱来，他想到单恋人，向一个不爱自己的人来追求，实在等于一个乞丐向诗人求钱一个样。不管他说得多么诚恳，多么哀怜，但是诗人总无动于衷，而且还要感到厌烦。乞丐饿了三天得到他的几分钱，可以救了他的活命，他不知要多么感激呢，可是他要的不是时候，所以他的一片哀怜热诚的心意打动不了人的心，而且也招人烦恼。恋爱也是如此，对方不爱自己，自己偏一劲儿地诚恳追求，说得那么诚恳，表示得那么热烈，但结果只是更招人厌烦。自己以为像自己这样真诚，还换不过来人家的心吗？其实是绝换不来。假如追求单恋的人想到乞丐这样讨厌，他绝不会再做什么妄念了。自己满以为只得到几分便可安慰，殊不知人家是一分也不给的。

刘蔼龄想到这里，完全冷了。他一边走着，一边望着天，天上微微有几缕白云，忽散忽聚，就好像象征着人生聚散是那样无定。河已经开了，岸上的土道显着一层潮湿，树虽然还没发芽，但已经在春风中摇动，带着一片春意了。那汽车里，一对一对的情侣，欣然快然地谈笑着，特别透出他们心里的愉快和甜蜜。刘蔼龄看着，不知是一种什么滋味。

他又望着远处，远山像女人的眉毛，弯弯地伏在人脸上。那弯曲的小道，从自己的脚下蜿蜒地爬入远处树林中。鸟儿在空中飞，也特别活跃，叫着也好听。村庄的门口，贴着红色的对联，偶尔看见穿着红绿袄的小孩，抖着空竹。有些游人骑着小驴，一边响着铃铛。远处的鸡鸣和卖水萝卜的声音，与大自然混在一起，成了天籁。

光照在大地，暖得如盖上一团棉花，并不觉得怎么热，惠风吹到脸上也不觉得凉。然而这一切给刘蔼龄添了寂寞，增了凄凉。失恋的人，看什么都没有生趣的。他只有想念着他的情人，他想到他的情人，这时候黎滨也许同着别的青年在屋里谈文学，接个吻什么的，非常快乐；陶静这时候也许同着她的爱人在公园里晒太阳，坐在躺椅上听着树上捆着的风车，看着高空里各色各样的纸鸢；王晓风这时也许同着她的好朋友和家里人在屋里打着牌，玩着扑克；周雪竹这时也许在咖啡馆里和男友对面谈情；赵黛这时也许和她的新知己到颐和园去旅行；周兰这时候也许倒在她情夫的怀里，吃着巧克力糖，喝着蔻蔻；章伟行这时也许同她的未婚夫弹着钢琴，唱着工部歌；王香柳这时候也许和她的乘龙快婿在市场里买心爱的东西；柳燕这时候也许躺在床上，一封一封地拆着情书，一篇一篇地看着。她们全忘了刘蔼龄，她们绝想不到刘蔼龄这时候会一个人走在乡间的路上，并且还在想念着她们。

一边叹着一边走，他不知走到哪里去，他不愿意再回到都市，可是不回都市又到哪里去呢？他恨着柳燕，假如不是柳燕，自己还同黎滨恋着，也不至于遇到这些女人。他正想着，忽然听得一声"刘先生"，同时听这呼声还似乎带着笑意。这声音好像是柳燕的声音，他敏感地立时想到柳燕在自己背后，正同着一个很年轻的男人在一起，她看见了自己，又见自己是一个人，她一定笑起来，同她的情人笑着。可是当他回头的时候，看见的却是柳燕一个人，他不觉纳闷了，这荒郊乡野，她怎么会一个人来呢？

　　他一边想着，一边行礼，一边端详她。三年没有见了，越发显得漂亮美丽了。

　　他道："老没有见。"

　　柳燕道："是的，老没有见了。"

　　刘蔼龄道："虽然没有见，可是您的影子我却天天见呢。"

　　柳燕道："我也时常从许多女孩子口里听到刘先生，所以我知道刘先生还很健康，而且过着甜蜜的生活。"

　　她说话就像黄莺叫似的好听，好像音乐家给配着音符。刘蔼龄真没有想到今天会见到她，他简直困惑自己已不在人间，而在仙界。他在女神的面前有些羞涩，同时想到以前和她写信打笔仗，这时又很难为情。柳燕却大方地说："刘先生今天为什么一个人走在这里？"

　　刘蔼龄道："一个人也奇怪吗？"

　　柳燕道："是的，我知道刘先生没有一分一秒能够离开女人的。"

　　刘蔼龄也不再辩，三年不见，一见面先抬杠，也不合适。他道："您怎么也一个人出来呢？"

　　柳燕道："刘先生啥时见过我同别人一块走过呢？"

　　刘蔼龄一听，真厉害，可是他仍无心抬杠，又道："您到这儿来

187

干什么？"

柳燕道："这是我的工作，我的职业，我不是像刘先生来到这里闲情逸致，寻找诗意。"

刘蔼龄真没得可说了，抓耳搔腮，他不知怎样好。想了半天，说道："那么您是回去呢，还是到哪儿去？"

柳燕道："我不一定，我是随意走。走到哪儿也许对一根草看半天，也许和农人谈几句。"

刘蔼龄道："我可以陪着您走一会儿吗？"

柳燕道："好吧。"

刘蔼龄道："我们别了三年，没想到今天在这个地方相会，我真以为是梦。"

柳燕道："人生就是梦呀！"

刘蔼龄道："您近来好吗？"

柳燕道："平平常常，现在所苦的是应酬和病。病算是好了，应酬是永不会休止的。"

刘蔼龄道："当然，您是位交际家。"

柳燕道："我真不喜欢听这种恭维，交际家是以交际为职业的，我怎么能够称得起交际家这个称号呢？刘先生才是交际家，您认识了多少朋友呢。奇怪，今天也会一个人走起来。"

刘蔼龄道："我若是交际家，我不会叫所有的朋友都离开我。我一定八面玲珑，应酬周到。现在落得我的朋友都离我去了，可见我还是不会交际。交际是虚伪的，有话都不能说，光说假话，即或相对无言，也还得罪不了朋友。我这人不成，永远说真话，心里有什么话都要说出来，所以喜欢虚伪的朋友，全都不理我了。"

柳燕道："这是当然，这并不是社会的虚伪，也不是人情的虚

188

伪，因为您太自私了。社会是人与人组织成的，人与人之间当然免不了有接触的时候。在这种接触的时候，如果完全按着自己心里的话去说，完全不管别人心里是怎么一回事，这个人不是自私便是疯子。"

刘蔼龄道："是的，我方才也想到这里了。这种人不是疯子，也一定是乞丐。乞丐永远不管人家心里有什么事，光是道他的苦处，贫穷饥饿，凡是乞丐都太自私吧，所以他永远做乞丐。"

柳燕笑了，她道："我看见那个乞丐随了刘先生很久，刘先生大概心里想着谁，所以连理都没理。"

刘蔼龄道："哦，您看见了吗？是的，我就因为乞丐要钱，我理会出一个恋爱的道理来。"

柳燕道："您悟出什么道理呢？"

刘蔼龄道："我不能说，一说就算是自私了。"

柳燕一听，他还是半庄半谐的神气，也就不再问他。又谈别的道："您的文章，我看到了。"

刘蔼龄道："请您批评一下。"

柳燕道："我觉得您的思想同我的思想还是有分歧的。"

刘蔼龄道："怎么呢？"

柳燕道："我真奇怪，您为什么把爱情看得和肉欲一个样？"

刘蔼龄道："不，我主张灵肉合一的。肉欲至少要占爱情的一部分。"

柳燕道："纯灵的爱就不算爱吗？"

刘蔼龄道："纯灵的爱固然算是爱，但不能说是到达爱之最高峰，爱之终点和爱之起点，可以说都是欲，灵不过是相辅而行。如果没有灵，也还可以；如果没有欲，那爱便绝对生不出来的。"

柳燕道："怎么见得呢?"

刘蔼龄道："当然，男女相悦，一见生情，他的动机便是欲。"

柳燕道："也有相见许久才有爱情的，也有相处一生也没有爱情的。"

刘蔼龄道："相处一生也无爱情，那是因为根本没有欲念生出，那相见许久才有爱，那爱是埋藏许久才发掘出来的。其实是一见就有了爱，不过有一种理智维系着，叫这种爱不发泄出来，于是把这不发泄出来的爱叫作灵，其实无所谓灵，只是爱表现得鲜明与隐晦而已。"

柳燕道："您所说的，姑且说是很对。但是我问您，男女两个人彼此相爱，都把爱隐藏起来，不必表明，这样成不成呢?"

刘蔼龄道："除非是环境不允许，他们不可能不表现出来。"

柳燕道："有表现的可能，但偏不表现出来。"

刘蔼龄笑道："那为什么呢? 有爱而不表现出来，是不是痴子啊?"

柳燕道："您所谓表现出来，不过是说说我爱你，你爱我，以外就是拥抱接吻，这又有什么意思呢?"

刘蔼龄道："不说出我爱你，不拥抱接吻，这又有什么意思呢?"

柳燕道："我觉得相对无言，会心微笑，意味深长；拥抱接吻，真是俗不可耐。"

刘蔼龄道："拥抱接吻就和吃饭一样，百吃不厌，怎么能叫俗不可耐呢? 人们对于拥抱接吻感觉到俗，这是他没有尝到过的缘故。"

柳燕道："我相信您的脑子是无法再能转移的了。除非有事实给您证明看。"

刘蔼龄道："事实我也经验过许多次，我觉得拥抱接吻是不可

190

免的。"

柳燕道:"我不像刘先生这样会说话,我的心意,总是表达不出来,不然,我一定能够叫您心服口服。"

刘蔼龄笑道:"这是事实摆在这里,我们不是抬杠,如果我们专为辩论,那么我就认输也可以。"

柳燕道:"这样子吧,我说您根本没有了解女人的心,这句话您认可吧?"

刘蔼龄道:"我不能绝对地认可。"

柳燕道:"您知道您的朋友们为什么都离您而去?"

刘蔼龄道:"她们因为不了解我。"

柳燕道:"不,她们因为不了解您才爱您,等到了解之后,她们便离开您了。根本您的错误是不了解女人,您对于女人所用的手段,所发的感情,都是错误的。您要知道,一个女人她所需要的爱情,是一种清淡、柔和、安静、专一、永恒,这是女人所需要于男性的。假如一个男性这样做了,她一定永久地爱他。"

刘蔼龄道:"但我觉得爱情应当热烈的、勇敢的、赤裸裸的,这才是男性所应表现的。"

柳燕道:"可是这样的爱情,多半是不能维持长久,来得勇,也退得勇。其进锐者,其退速,一点不错的。就拿您来说,您的爱人这么多,不是爱了这个就爱那个吗?"

刘蔼龄道:"不,是她们先不爱了我。"

柳燕道:"因为您又爱了别人,所以她们才不爱您。"

刘蔼龄道:"不然,就以黎滨来说,我并没有爱了别人,她就不爱了我,这是您最清楚的呀!"

柳燕一听,真不好意思说,因为您有爱我的意思,所以黎滨才不爱您。但这话怎么说呢，她想了想道："因为她知道您是无女人不爱的。"

刘蔼龄道："她怎么知道我无女人不爱呢，不是您告诉她的吗？"

柳燕笑道："不错，是我告诉她的。"

刘蔼龄道："您怎么知道我是无女人不爱呢？"

柳燕道："我就知道。"

刘蔼龄一想，她真是有点耍赖，便道："方才那乞丐也是女的，我怎么不爱呢？"

柳燕道："当然要爱漂亮的。"

刘蔼龄道："可是……"他底下的话没有说。

柳燕却问道："可是什么呢？"

刘蔼龄道："不说了吧，看这天气真好，蓝的天，把白云衬得多么好看，那白云一缕，中间薄得透出蓝天来，好像一个东西，什么东西呢，我竟想不起来，像极了。"

柳燕道："像什么呢？"

刘蔼龄道："您瞧，想不出来了。"

柳燕道："像玉如意？"

刘蔼龄道："不。"

柳燕道："像柳絮？"

刘蔼龄道："不，哦，我想起来，像一张秋叶，就是您赠给我的秋叶。"

柳燕一听，不觉笑了。

刘蔼龄道："真美呀！"柳燕不知他说的是什么，美指着谁呢？是秋叶，是白云，还是人呢？因为不知他指的是什么，并且也不好问，只得一语不发，低下头去。

他们不知不觉地走了很远，也不知是到什么地方了。他们净顾了谈天，净顾了走，净顾了看风景，夕阳已经落在山后，还露着一点光，窥视着大地，在那远的天际，那缕缕白云，便染上了红色，变成灿烂的晚霞了。

柳燕道："呀，我们走到哪里了？"

刘蔼龄道："我们进到村庄里问一问去吧，顺便在那里歇一会儿。"柳燕答应着，他们进了村。

村里家家冒着炊烟，他们都在做晚饭了。他们也都有点饿有点渴，于是走到一个房屋比较整齐的住家门前。这时正有个老头儿，在门洞里整理席箔这种东西。

刘蔼龄便叫道："老大爷！"

那老者一看，连忙站了起来。刘蔼龄道："我们在您这里歇一歇，请老大爷给我们一点热水喝，有什么吃的也拿出些来，要多少钱我们给多少钱。"

老者道："有，可是我们这里没有什么好的，都是些粗粮食。"

刘蔼龄道："什么都成，能吃就成。"

老者遂喊了一声，里面走出一个妇人，老者叫她去拿开水和饼子什么的。那妇人去了，老者拿过两个矮板凳，叫他们坐了，问道："二位，往哪儿来呀？是由大城里来的吗？"

刘蔼龄道："对啦。"

老者惊讶道："二位是找亲戚吗？"

刘蔼龄道："不，出来玩来了。"

老者道："出来玩？跑到这里玩，今天二位回不去了。"

柳燕道："怎么呢？"

老者道："这里离着城里远得很，又没有车，离火车站也很远，这时候也没有火车了，赶了回去，那早就关了城。"

柳燕一听，不由说道："哟，这怎么办呢？"

老者道："在这里住一夜，明天一清早回去，这儿有赶大车进城的，顺便带个脚儿就回去了。"

柳燕道："那多别扭呀！"

刘蔼龄道："可是在乡间住一夜，也倒别有趣味。"

柳燕道："这里安定吗？"

老者道："安定，一点错儿也没有。"

柳燕道："再说吧。"

一会儿，那妇人端出茶来，那茶里的茶叶就如同枣树叶子似的，那茶壶是洋灰的，非常粗糙。平常的时候，柳燕看了，绝不喝的，可是今天真渴了，端起来一喝，还真是香。

那妇人道："爹，咱们就剩了饼子。"

刘蔼龄道："饼子就饼子吧。"

老者道："卖馃子的老周家，你看看还有油条不？"

刘蔼龄道："不必去看了，如果有鸡蛋，给我们煮几个鸡蛋，反正明天一起给你们钱。"

老者道："钱不钱不算什么，您不给钱，您走您的，我们绝不扒您衣服，哈哈。"说完，又叫妇人给收拾一间屋子去。妇人去了。

他们谈了一会儿，天已经黑了上来，村里早就寂静无声，乡人都是睡得早的。这时妇人又走出来，说鸡蛋已经熟了，屋子也已收拾干净。老者便叫他们进去，他们便随着进去了。老者给他们领到一间屋子，屋里非常暗，一阵潮气和烟火气味迎面扑来。老者把他们让到里面，也没有点着灯，老者叫把油灯拿来。那油灯是豆油的，一盘子油，上面放了一根捻儿。

老者说："在乡间，一年未必点几回灯，所以也不预备煤油。煤油最爱走，搁些日子就没有了。先生爱冷吗？屋里也没有火，烧个炭盆吧。"

刘蔼龄道："不冷，一点儿也不冷。"

不过他想起来，这一间屋子，假如住下，怎么住呢？假如跟他们要两间，人家也未必匀得出来，而柳燕也未必放心。两个人住一间屋子呢，虽然自己是坦白的，但柳燕向来不相信自己，她或者不大愿意。他看了看她的神色，她的神色是那么安静与自然，他便不言语。

妇人把饼子和鸡蛋拿来，并且还盛了两碗高粱米稀饭。他们因为饿了，吃得很香。刘蔼龄见柳燕能够这样吃苦耐劳，这才是真正的实践主义者。以前总以为她是在唱高调，现在不能不佩服她了。

妇人看着柳燕这样美，越看越爱看，她道："这位太太多大年纪呀？"

刘蔼龄忙道："这位是小姐，不是太太。"

妇人一听，有点不好意思，连老者也为之惊讶。他们心里纳闷：这么大姑娘跟一个男人满处走，真奇怪！可是老者说："哎呀，得罪得罪。那么，回头安歇的时候，请这位先生到小老儿屋里睡去吧，我的屋里就是脏点儿。"

刘蔼龄道："没关系，不过我睡得晚些。"说时他看了柳燕，柳燕没有言语。刘蔼龄道："我一夜不睡都可以的。"他又往回找，柳燕仍是没有理他。

一会儿吃完了，又吃了稀饭，刘蔼龄道："今天我吃得真不少，饿了吃什么都是香的。"老者叫妇人收拾下去，他们全去安歇。

刘蔼龄道："老大爷不必管我了，我们说一夜的话儿呢。"老者等去了。

刘蔼龄道："没想到会在这里住了一夜，我们找一点资料谈一谈吧，不然这一长夜，多么无聊呢？"

柳燕道："我们一说，恐怕就要抬杠。"

刘蔼龄道："我们找那不抬杠的话说，即或抬杠也没有什么，我看倒还长精神。"

柳燕道："那么您说吧，我听着，如果我觉得有发表我的主张的必要时，我就说一说，如果我听得困了，我便倒下睡。"

刘蔼龄道："好吧，谈什么呢？哦，您知道周兰的近况吗？"

柳燕道："我不知道。"

刘蔼龄道："听说她近况很不好，这都怨您和黎滨两个人，整天劝她家庭革命，现在倒把她革出去了。所以女人光是唱高调，实际上没有不失败的，现在她后悔恐怕也晚了。"

他故意拿话来讥讽柳燕，怕她不说话，果然柳燕生气了，她道："她做不好，怨得着我吗？为什么一个人总要听别人的话呢？听别人的话，就得听得彻底才成。不然她走错了路，那怨谁呢？况且她现在是不是走错了路，还在两可，您不能拿她的落魄来侮辱她，她也许正在奋斗，也未可知。您不能拿一点物质享受与否来断定人的堕落不堕落。"

刘蔼龄被她抢白了一顿，他道："真的，这么一说就抬杠。"

柳燕道："什么叫抬杠？这不是明情至理吗？"

刘蔼龄道："那么我们再谈一点别的，黎滨小姐呢？"

柳燕道："她近来精神好极了，一切都好，功课也特别进步，这次毕业考试很得意。我看她的情况，比她和刘先生谈恋爱的时候还要好。"

196

刘蔼龄心说：这位小姐真能挖苦人，骂人不带脏字，杀人不见血，厉害呀。可是像这样的小姐，如果能够得着她的温情，那不知要多么愉快呢。

他想了想，无话可说，于是又说到自身上来，他道："唉，没有一个人能够了解我。"

他想从此把自己的话要说出来，可是柳燕道："如果您光会谈情说爱，那人也没有了解您的必要了。"

刘蔼龄一听，简直比执徒刑还难受，他不再言语。沉默了一会儿，连外边都是沉默的，大地上一点声音也没有，整个儿入了睡乡。

猛然，柳燕说道："中国的农村，如现代的教育、科学文字、艺术，以至于一切都是隔离的。就拿我们研究的农学，和中国农村仍然是格格不入。"

刘蔼龄一听，真摸不清她怎么竟然又说到这么严重的问题。今夕只好谈风月，她却谈这种话，他简直无法答去。

柳燕道："中国农村，在一般文学家眼里和笔尖下，真是再也没有那么好的了。可是据我所住过的乡间来说，那流氓、奸诈、残暴、卑鄙，到处贿赂公行，贪财枉法，实在多得很。把我以前对于农民那种诚朴忠实的印象，完全打没了。"

刘蔼龄道："您所见的不是真正普罗阶级的农民，那是富农，即或不是富农也是布尔乔亚的劣根性，所以不能因为这些土豪劣绅而对农民有所厚非。住在都市里惯了，对于农民总觉得他们没有知识，他们非常愚钝庸笨，但那才是真正无邪的人。有知识的人，表面是很儒雅，其心是不堪承教的。就拿恋爱来说，我觉得农人的爱是真切的，都市人的爱是虚伪的……"

柳燕道："三句话不离本行。"

刘蔼龄也笑了,他道:"真的,我们还是谈谈恋爱问题吧,这个问题有兴趣,而且是我们意见不同的问题。我们今天可以辩论一番,到底要把它谈清楚了。如果我的意见是错误的,我就绝不再谈恋爱。"

柳燕道:"可是不准强辩,无理搅三分不成。"

刘蔼龄道:"当然,我若辩得无理由时,我一定无条件降服。"

柳燕道:"不必辩,事实就能叫您无条件降伏的。"

刘蔼龄道:"我却不信。"

柳燕道:"我问您,您以为您爱了这个又爱那个是对的吗?"

刘蔼龄道:"爱是自然的,可爱就应当爱。"

柳燕道:"那不仍然是一种肉俗的爱?"

刘蔼龄道:"我主张灵肉合一的。"

柳燕道:"那灵在哪儿呢?"刘蔼龄说不上来了。

柳燕道:"灵肉一致,我承认这么说,可是您的行与您的言却不大一致。您说得挺好,而您所做的却全不对。比方您对于黎滨,以前是那样爱,以后又是那样不爱。"

刘蔼龄道:"我没有不爱她呀?"

柳燕道:"您为什么又爱了周兰?"

刘蔼龄道:"皆因黎滨不爱我了,而周兰爱了我。"

柳燕道:"假如黎滨又爱了您?"

刘蔼龄道:"那我还爱她。"

柳燕道:"那周兰呢?"

刘蔼龄道:"那时周兰也许不爱我了。"

柳燕道:"这叫什么话呢?什么叫也许呀?您先不爱人家,这就是您的不对了。假如周兰仍旧爱您,您又怎么样呢?"

刘蔼龄又没得可说了。柳燕道:"您根本就不应当爱周兰,您如果爱黎滨的话,即或黎滨不爱您,您也要爱她。别人怎样的诱惑,您都不为所动,这才是真正的爱情。"

刘蔼龄道:"那么就许黎滨不爱我,不许我不爱她吗?"

柳燕道:"我真要说一句您不爱听的话,您为什么这样糊涂?您如果对她不变,那是您的伟大,那您管她变不变呢?比方别人做了土匪,您也去做土匪吗?她变是她的不对,您不变是您的伟大,您管她做什么?既然您说爱情是自然的,那么您的爱就不能受一切的刺激而变化,以别人的爱来做自己的爱的转移,这种爱就不是纯正的爱。再者黎滨之不爱您,焉见得不是她故意那样做来试探您呢?您还记得吗,有一次您在她的屋里,我们买回糖果来吃,您忽然看见她桌上有个男人相片,您问是谁,她说是朋友,您不是没有坐住就走了吗?我知道您是怀着嫉妒和悲哀走的,您知道黎滨是什么样子吗?她高兴极了,她说蔼龄真是爱我,你看,他只见了一张相片就这样嫉妒呢。刘先生,您晓得黎滨这样地试探您吗?她回到家里故意不给您写信,故意叫我给转。看您的心到底是对她忠实不忠实,谅解不谅解。可是呀,聪明的刘蔼龄先生却没有料到,走错了路子,这是多么可惜呢!"

刘蔼龄一听,想了想,确是有那么一回。他这时又觉得后悔,又觉得黎滨的可爱,可是他道:"我并没有走错了路子呀。"

柳燕道:"怎么不叫错?"

刘蔼龄道:"因为我根本没有走。"

柳燕道:"哼,您真会强辩。"

刘蔼龄道:"我怎么会强辩呢?"

柳燕道:"那么您还是爱黎滨吗?"

199

刘蔼龄道："当然，我并没有忘记她。当我在街上遇到她的时候，还是我去招呼她，可是她并不理我呀。"

柳燕道："那是您伤透了她的心了。"刘蔼龄不言语了。

这时那油灯的捻忽然要灭，他们一齐去拿镊子，手碰到一块儿，他们又全缩了回去，捻儿在这个时候灭了。

刘蔼龄道："真糟，找不着洋火怎么办呢，恐怕这里根本没有洋火。"

柳燕道："找找看，没有就算了，外面不是有月亮吗。"

刘蔼龄道："是的，月色很好，假如我们能够出门在田地里散散步，那一定有意思。"

柳燕道："那惊动人家不好的，况且外边未必安静。"

刘蔼龄道："院子也好。"

柳燕道："不，我不愿意出去了。我今天走得很累，我要休息，对不住，我不能同您谈了。"说着，她便躺在炕上。炕上只预备了枕头，而没有被子。一来是乡下不预备多余被子，二来他们的被子也脏。柳燕只把她的夹大衣盖在身上。屋里虽然黑，但借着月色，屋里大致还看见些。

刘蔼龄见她睡了，自己好为难，如果自己不睡，这一夜又做什么呢？如果睡，多么不舒适呢？他坐在炕边，一个人光想，他见柳燕连动也不动，大概是睡得很香了。他便把自己的夹大衣拿起来，轻轻地给她盖上了，就是她醒着都觉不出来。然后他坐在炕上想事，想什么呢？一件跟着一件，哪一件都不值得想，而哪一件又非想一想不可。他想，黎滨当真还爱我吗？那时不爱我，当真是试探我吗？他越想越觉得柳燕的话有理，他后悔那时不该放弃了黎滨。虽然周兰死缠，但也应当拒绝，以表示对黎滨的专一。但也不成，周兰可

200

以拒绝，而还有柳燕呢？柳燕虽不爱我，但我却真爱她，有柳燕在也不容易保持对黎滨的专一。假如柳燕爱了我，我自信可以专一地爱她。她太可爱了，她比黎滨还可爱。黎滨我也不愿意放弃呀，拿柳燕和黎滨一比，究竟爱谁好呢？还是爱黎滨对，因为黎滨爱我，而柳燕不爱我。看黎滨那时对我是多么温柔热烈，我有时到她那里，真像到我的家一个样，令人感到甜蜜与亲切。可是柳燕也不错，她是另一个味儿，就像今天能够同我走这么大远的路，也令人感到如在春风和气中。呀，我想起来了，她说刹那默然相对，意味也是深长的，这话我觉得更有味。比方现在，她虽然不理我，独自睡去，连对面也没对面，但我就感觉着非常愉快，我能够在她旁边，默然数着她的气息，也是高兴的事。我尊敬她，我爱她，但我一点轻亵的意念也没有。这不是恋爱吗？这不是至高至圣的恋爱吗？我要永远爱着她，永远这样默然地爱她。我能够爱她，我就快活了。

刘蔼龄越想越兴奋，他索性把黎滨的影子也驱逐没了。他这时感到爱的伟大，这一点爱火，给一个人的生命上开了灿烂的花。他要永远爱她，默默地爱她。他高兴极了，一直想到后半夜，才觉得发困，倒在炕上，不知什么时候也睡着了。

到第二天醒来一看，太阳已经很高，农人们全到地里做活儿去了。柳燕也没有在屋里，他连忙爬起来，一看，自己的大衣盖在身上，他料到是柳燕给他盖的，自然，即或是友谊，盖盖衣服也是应该的，可是在柳燕身上却难能可贵了。他披了外衣走出院来，老者看见他，没等他问便先说道："先生，那位小姐在外边呢。"他一听，连忙走出门来，仍然是没有影子，他又走出村子外边，就见她正在和一个农人说话。

他走了过去，就听柳燕正在问他有多少地，哪年买的，卖过地

201

没有，收获如何，纳税多少，有时不够吗，有没有典当过地，借过钱，为什么要卖地，人口有多少，她就仿佛随便谈话似的，很亲切地问着。刘蔼龄一看，这点儿时间她都要利用一下。他知道她问的话都有用意，所以也不打扰她，他一个人往地里走下去。太阳离着地平线很高了，各种的鸡鸣都作了尾声。有的村庄屋顶仍然冒着炊烟，人家早饭都已经吃过去了。看柳燕仍旧和村人谈着，在这大自然里，越发显得她的美丽。

这时柳燕向他一招手，他连忙走了过去。柳燕道："我们该回去了吧？"

刘蔼龄道："是的，可以回去了。"可是他心里却说，只要有她在一起，住一辈子也不想回去的。

他们又进到那家里，和老者告别，老者叫他们吃一点儿东西再走，他们都不愿意吃。刘蔼龄掏出十块钱来给那老者，老者再三不要，但结果仍是收下了。老者说："这时进城晚一点儿了，一黑早乡间有大车往里，都不等天亮就走，这时候要走多一半路了，不然您可以搭下脚。现在您可以走到火车站，慢慢地一个钟头就可以到了，不到正午就有一趟车进城的。"

他们一听，连连道谢，往南走了去。刘蔼龄一边走着一边想事，柳燕道："这早晨的空气真好，在乡间住惯了，身体怎么不健康呢？您看，我起的时候，太阳刚出来，可是人家都吃完饭了，有的往城里去了。现在城里的人，大概还没有起来，起来的也在那粪车满街巷的空气中打着哈欠。都市真污秽，连空气都是污秽的。"

刘蔼龄道："您什么时候起的，我一点也不知道。"

柳燕道："您什么时候睡的，我也不知道。"

刘蔼龄道："您睡了以后，我给您盖上了大衣……"

柳燕道："谢谢。"

刘蔼龄接着道："我一个人坐在炕上无聊，光是想事。"

柳燕道："想什么呢，想您的黎滨吗？想您的周兰吗？"

刘蔼龄道："想固然是想了，可是最后我又把她们忘了，现在我只想一个人。"

柳燕道："想谁呢？"

刘蔼龄道："想一个不想我的人。"

柳燕道："怎么见得她没有想您呢？"

刘蔼龄迟迟半天说道："我还是接着说我方才的话吧，我一个人坐着想了许多，也不知是什么时候了，忽然倒下就睡着了。睡得真香，一直睡到太阳升出老高，我才醒。您昨天睡得好吗？"

柳燕道："谢谢，我睡得很香，假如我住在乡间，我不会得失眠的。您没觉得冷吗？"

刘蔼龄道："没有，我还忘了道谢，谢谢您把我的大衣给我盖上……我这时真想永久住在乡间。"

柳燕道："那也不好，人有人的事业，不能老住乡村，也就和不能老住都市洋楼是一样的……"

说着，他们到了火车站。又等了一会儿，车来了，他们买票上了车。车里人并不多，他们坐在对面，一边谈着，一边看着窗外的风景。这时刘蔼龄高兴极了，他比度蜜月旅行还快乐，他要告诉柳燕说：我无条件降服了。但是他说不出来，只是默默地想。有时两个人的眼光遇到一起，不觉相视而笑，刘蔼龄想到，这个大概就是柳燕所说的爱吧。

一会儿，火车开了。刘蔼龄恨不能把这条铁路延长，延长到无限远才好。但是天不遂人愿，只一会儿便到了北京。刘蔼龄仿佛有许多话，都没有说出来。他想问问哪天再玩这么一天，他怕柳燕轻看了他，没有说出来。到了北京，他们便分别了。

他实在后悔没有把自己爱她的意思告诉她，因为她说默默地爱才是真爱，不必说出来，所以自己不敢说出来。那么她也许知道自己爱她了吧，他一个人思前想后，忽然喜欢，忽然忧虑，忽然悔恨，忽然悲哀。他以往没有这样过，大概这个就是真爱的表现吧。这时他才尝到真爱的滋味，这种滋味是以前没有尝过的，虽然里面有点苦，但这点苦又是甜的，这苦里的甜比普通的甜尤甜。从此，柳燕的影子再也去不掉。以往总是许多人的影子来回地闪烁翻动，现在只有一个柳燕占据在他的脑中，他无时无处不在想她。看见一件东西也会想起柳燕，听见一句话也会想到柳燕，他以想柳燕为快活，甚至以想柳燕为生活之途上的唯一课程。拿起笔来，也写出柳燕的名字，一张纸上不知写出多少柳燕的名字。手里写着，眼里看着，心里想着，不由自己伏在纸上，不好意思地吻着她的名字，吻完了，自己倒为之脸红了。他醒悟过来，柳燕之所谓小儿女的爱就是这样吧！

过了几天，柳燕也没消息来，他想给柳燕写信，但又怕柳燕腻烦，因为她说默默地爱才是真爱。他就这样每天地想，一直过了很多的日子，他也不知过了多久，始终也没有通消息。在刘蔼龄以为就这样下去，才是真正地相爱着。谁知柳燕根本没理会刘蔼龄爱自己，即或他爱着自己，但同时他也爱着别人，现在许久没有来信，大概不知又爱了哪一个小姐了，所以一直把刘蔼龄忘掉了。

刘蔼龄左等右等，始终也不再有消息。他起初还以为柳燕忙，不愿意太亲密了打得一团火热似的，所以不和他见面。后来他渐渐怀疑柳燕忘了他，但他仍然是爱念着她。虽然有些着急、烦闷，但他并不恨她的，他永远爱她，以永远爱她为愉快的事。

又过了很久，他知道柳燕完全忘了他了，她一点也不爱他。他虽然不免痛苦，但他仍然是爱她。

这天，他忽然得着她和别一个男人结婚的消息，轰的一下，他几乎晕倒过去。

要知后事如何请看下回。

# 第八回　胜利的微笑

　　刘蔼龄之单恋柳燕，在他的言语行动、文章小说都可以使人一看就看出来的，因这也引起许多人的嫉妒来。就是许久不见的周兰，居然给他写了一封信来。柳燕要结婚的消息，便是从这封信里得来的。她的信上说：柳燕快结婚了，现在她托我找房呢，这个喜消息，你听了一定很快乐，所以特写这封信给你。按周兰的意思，是故意给他刺激，这是很明显的。好像这时才是女性报复的时机，其实是她先负了刘蔼龄，这时反要给刘蔼龄这样一个致命的刺激，女性真是残忍到极点了。

　　果然刘蔼龄接到这个消息，真是说不出的悲哀与痛苦。他不知怎么好了，想从此不理柳燕，可是心里又非常惦念她，又爱她。左思右想，还是给柳燕写一封信吧，先很缠绵悱恻地写了一大长篇，后来想起柳燕是不喜欢这样的，并且这里有许多哀怨之词，柳燕看了一定更不喜欢。还是淡淡地给她写一封信吧，况且她已经快要和别人结婚，即或怨她一番，也是徒然。想罢，便把那信撕了，又重新写了一封信，只写道："听说您要结婚了，这是多么可喜的事啊，我不知应当说些什么贺词才好。"

　　信寄到柳燕那里，柳燕笑了，柳燕知道刘蔼龄和周兰的爱情没有断，如今果然。于是给刘蔼龄写了一封信说：周兰对您真是忠实啊！那天她突然来找我，我很奇怪。她大概怕我把她的爱人夺去，多么可笑呀！于是我就假装告诉她说我要结婚了，并且托她给我找房，果然她告诉了您，真快呀！您有这么一个忠实的好朋友，不比我假造结婚还可庆贺吗？

信寄到刘蔼龄的手里，他又欢喜又忧虑，欢喜的是柳燕并没有结婚，忧虑的是柳燕对于自己仍然是不了解。他想向柳燕辩白一番，但又怕反增她的厌烦，他只给柳燕写了一封回信，说他并没有见着周兰，而且也再不同周兰通信。寄去了之后，柳燕以为他这又是一种官面文章，并没有放在心里。可是刘蔼龄却十分期待着她的表示，结果接到她的信，仍是平平淡淡、马马虎虎地说了一篇闲话，刘蔼龄很失望。但他虽然失望，可是能够接到她的信，也是快活的。

如此过了许多天，又没有消息了，一直又过了很久。这时柳燕周围当然有许多男性来追她的，像她那样美丽，不能没有人来追逐。她对于这些前来追逐的男人，也就有了选择。于是她便爱了一个男性，她默默地爱了一个男性，这个男性虽然也是对她追逐的，但一点儿也不知道她在默默中已经接受他的爱了。

在这群追逐她的男人，什么样的人都有，彼此也时常打着架。柳燕看了，又可气又可笑。这里有个阔少，叫钱有德，名字虽然叫有德，而人却无德。他来念书，完全是为了虚荣，在明面上是大学生就得。实际他并不是求知识，他以为在大学里，别人就对他尊敬。他的一切生活都是受着别人的支配，就以追逐恋爱说，他也不是什么灵的肉的，他只是觉得大学生不讲恋爱，叫人家看不起。尤其是人家都追逐的女人，自己能够徕到手里，这是自己的光荣。他并不是真爱，他也不懂得真爱，他唯有拿他的钱，来堆成自己的虚荣而已。因此他猛烈地向柳燕进攻，只要博得柳燕垂顾，金钱在所不惜。

柳燕看他混蒙无知的样子，当然看不起。不过又看他有那么一点傻劲，还不失为赤子之心，以为他真的爱了自己，于是对于他，便减去了恶感。钱有德又向各处一散谣言，说柳燕如何爱他，听到这消息的人，半信半疑。可是越发传得远了，传到刘蔼龄的耳里，当然说不尽的悲苦，但是他以为柳燕如果得到一个如意对象，柳燕能享受到幸福，自己也替她快乐。

后来他一打听，钱有德只是有钱而已，一点学识也没有的。刘蔼龄便更悲哀了。悲哀柳燕也会爱了钱，而不知柳燕却爱着一个人。刘蔼龄每天都沉在苦恼里，虽然他自己给自己解脱，但柳燕的影子，始终也去不掉，终日在脑子里徘徊。有时刘蔼龄真想痛哭一场，或者可以把自己的委屈完全哭出来，然而他又哭不出来，他只有心里作疼，就像用绳子紧紧地绞着，绞得一颗破碎的心往外渗血。刘蔼龄说不出他是怎么不宁静，他一切都懒得干，对于一切都灰心。饮食既不香，睡眠也睡不着，精神是一天一天地败坏，可是刘蔼龄还想念着柳燕。

他在床上躺了许多日子，渐渐把精神养得好些了，他到北海去散步，绕到北岸，在五龙亭的茶座晒太阳。说也凑巧，钱有德也去了，同一个壮汉在定约会。原来钱有德追逐柳燕，原是为给别人看，他到处宣传柳燕爱了他。柳燕一见他这人是这么一个混账，根本就不再理他了。而她便接受了一个青年教授的爱情，甚至他们议到结婚问题。钱有德一失了柳燕，马上就恨，可见他以前的爱是不真了。又加以别人嫉妒地向他一煽惑，说他的爱人被人夺了去，说他的情人对他不忠实，说他失了恋。钱有德哪里受得了这种嘲弄，他气恨得想复仇，想把柳燕伤害了才出一口气。

208

这天他约了一个壮汉，到北海五龙亭商量，怎么打柳燕一顿，把她打得至少成了残废，才算罢休。那壮汉说："这样打法不好，自己容易叫人抓住，而且打成残废，也顾用相当时间，最好用镪水洒在她的脸上，她一不美，什么都完了，又容易又解气。"

钱有德一听，十分欢喜，说道："怎么洒呢？"

壮汉道："她看电影不看？"

钱有德道："看，她最爱看电影。"

壮汉道："那最好在她看电影的时候实行，容易办也容易脱身，根本她也不认得我。"

钱有德道："好极了，可是你得认识她，最好你到学校去打听，她叫柳燕。"

刘蔼龄坐在他们旁边，见他们嘀嘀咕咕，不知是干什么的，忽然听见柳燕二字，不由心里一惊，遂注意地屏息聆听。就听那穿西服的青年说："她是全校最漂亮的一个，戴着眼镜，最好认。哪天你找我去，我告诉你，你就注意她。等得到她上电影院的消息，我立刻告诉你，你带着镪水去。认准了她，到电影开演的时候，不是全都黑了吗，你就把镪水都倒在她的头上，叫她头发都得脱落下来，这才解气。"说着，把拳头往桌上一砸。

刘蔼龄一听，大吃一惊，心想柳燕如果被他们伤害，那是多么可惜呀！这两个人也不知叫什么名字，最好告诉柳燕一声，叫她注意。这时又听那青年说："我想起来了，她明天一定去看电影，她是每逢换新片子，一定去看头一场。明天我们就头一场去，到时候我告诉你是哪个，你带着镪水去，头一场，记住了，明天咱们电影院见。明天她若是去了，那是活该．明天若不去，咱们再等着，反正总有一天碰上她。"

刘蔼龄一听，就是明天了，除非今天给她送信去，不然就来不及了。他很着急，今天找她去，她或者怀疑我有什么用意，我跟她一说，她该不信，或者她根本不见我也未可知。

　　他一个人想主意，那两个人说了一会儿走了。他看准了他们两个人，记住了他们的模样。一个人坐在藤椅上，一边想着茬儿，一边看着天空。他想到柳燕这样不爱自己，遇到这种事，很可以不管，但是他又真爱柳燕，为了她，牺牲自己性命都可以，他决心明天也到电影院去。

　　他回到家里，一夜没有睡，一直快到天明才蒙眬睡去。睡着之后，便做了梦，他梦见柳燕被人追赶，一边跑着一边喊，他急忙跑了过去，和那人厮打在一处。说也奇怪，自己打人，竟好像一点力气没有，而人家打自己，也不觉得多疼，打了半天，只感到特别疲乏而已。后来，那人跑了，他也受了伤，再找柳燕踪迹不见。他特别悲伤，坐在一条河边，叹着气。这时忽见柳燕又走了来，他一见，不由大喜，连忙喊她。他想把自己的伤痕给她看看，谁知柳燕并不理自己，再一看时，她后边还跟着一个男人，她同着那个青年便拉着手走进树林里去了。他一看更抑止不住自己的悲哀，他想柳燕不会这样无情的，她即或不爱自己，但也不至于这样决然不理。他望着他们走进树林，自己身体往前一栽，掉在河里。

　　这一吓醒了，他才知道是一个梦。他很庆幸柳燕不理自己是假的，真的她不会不理，她不是那样没有理智的人。他一看天已经亮了，便爬了起来，只觉精神不好，挣扎洗漱，吃了饭，他便上电影院去了。

　　坐在一个边上，他细一观察，果然柳燕来了，还同着一位青年坐在一起。他又羡慕又嫉妒，说不出来的一种滋味，尤其在自己的爱人全都离开自己的时候，越发显得孤独况味。他又一细寻索，昨天在北海遇到的两个人，果然也叫他寻到了。那两个人嘀嘀咕咕，那青年又特意绕在柳燕旁边，和柳燕打招呼，他那意思是叫那壮汉看着，跟他说话的人就叫柳燕。刘蔼龄在后面看得清楚，想到他们的手段太毒，咬牙恨他们。他不愿意叫柳燕看见自己，使他的计划不成功，他心里紧张地想着。

一会儿，灯灭了，电影开映了。而刘蔼龄的心更紧张得厉害，他目不转睛地看着那壮汉的行动。这时开演不久，还有继续来的观众，也有打字幕找人的，来来往往，影院伙计的电棒也来来往往地打着。那壮汉坐在边上，连动也不动。刘蔼龄晓得他是等机会。

这时柳燕尚不知觉，和那青年并肩看着电影。刘蔼龄根本没有看清电影演的是什么，在电影一阵紧张的时候，他便怕那壮汉起来找柳燕。他不断地回头看，他是坐在柳燕的后几排，那壮汉坐在刘蔼龄的后几排。刘蔼龄想着如果壮汉到柳燕跟前，必要经过自己的旁边，自己便可以知觉的。

又演了一会儿，那壮汉始终没有动静，可是那出主意的青年却不知哪里坐着去了。刘蔼龄很是纳闷，心想：他为什么还不动手呢，难道还等下一次吗？如果真的等下次，那自己实在没有方法替柳燕防范了。他正想着，猛然往旁边走过一个人，他吓了一跳，吓得心都要跳起来。他一看，不是那壮汉，而是电影院的伙计，他的心又平稳下去。可是他却始终紧张地注意往自己这边过来的人。

这时，影幕上忽然打出找人的几个字，上写着：柳燕小姐，门外有人找。刘蔼龄看完了，就见柳燕起来往外走，刘蔼龄猛然想起来，这是奸人的计策。一定是他们把柳燕一个人调出来，又好认，又不致误打别人，又不致被别人捉住。他们想着柳燕真在壮汉的身旁，壮汉再动手泼她，别人都不注意，假如壮汉走到柳燕那里，就有人注意，而且柳燕都会看他一眼。他们改了这个计策，实在高妙。假如不是自己当时的敏感，真要叫他们成功。

说时迟那时快，刘蔼龄脑子里只这么一闪，柳燕已经走到刘蔼龄身旁。刘蔼龄刻不容缓，一把揪住柳燕，说道："别去，危险！"

柳燕正走着，心里想着不知是谁找自己，也许是尹小姐。尹小姐和她最好，而且也只有尹小姐知道她到电影院来。她正走着，猛然一把被人揪住，吓了一跳，心里很不高兴，便道："谁呀？"

刘蔼龄道："我，您回去吧，别过去。"

柳燕一见是刘蔼龄，便哼了一声："原来是刘先生，我想别人也不会这样无聊。"说着仍往前走。

刘蔼龄便站了起来，追道："不能去呀，危险！"

柳燕更生气道："怎么回事，疯了吗？"

说着仍往前走，刘蔼龄已经追到跟前，而恰恰走在那壮汉旁边，壮汉似拿出一个瓶状的东西，很快地一扬手，就向柳燕打来。刘蔼龄看得清楚，不顾一切，也来不及分辩，用力一推，把柳燕往前推了一跤，可是镪水都洒在自己的脸上。他当时烧得难过，而想去抓那壮汉，那壮汉也正生气他破坏他的工作，一拳就把他打倒，两个人揪打一处，当时电影院里便乱了起来。

这时柳燕正要发作，想质问刘蔼龄为什么这么无理，她爬起来，见院里乱了起来，电影也停演了，灯也亮了，里面打得一团糊涂。她想一定是刘蔼龄推了自己一跤，别人路见不平，所以打起来，她也无暇去问，同那青年一块走去了。

刘蔼龄因为镪水刺激得十分难受，那壮汉也怕打起官司，露出计谋来，所以乘乱逃走了。大家也全散了。刘蔼龄两只眼都睁不开了，大家看着他十分可怜，可是谁也没有管。他摸着出了门，雇车到医院。到医院便躺下起不来了，护士一见，来不及登记手续，把他抬到急诊处，由大夫立刻治疗，这才把命保住。

他在医院里一直住了半个多月，才渐渐恢复健康，可是脸上已经落下瘢痕，头发也脱了，满脸拘弯的皮肉，看着十分难看。刘蔼龄躺了十几天，也不知自己竟变成什么样儿。等到把药布一揭下来，他照镜子一看，呀，是那么丑陋的人呀！满脸的肉凸一块凹一块，嘴也歪了，眼睛也一只大一只小，头发全都秃了，三分像人，七分像鬼。他怔住了，他悲哀却哭不出来，怔了半天，终于又倒在床上晕死过去。

他又住了几天医院，大夫一边给他诊治，一边安慰他，劝他仍努力他的事业。他叹了口气，事业，谈何容易。现在做事都凭外表，像自己这样鬼似的人形，怎么能够做事呢？他出了院，他想去死，可是他仍然想见柳燕一面。他又是一阵难过，但自己也知道是不能和她结婚了，只要见她一面，看看她美丽的娇容，就是死也甘心。

到了柳燕结婚这天，饭庄子门前，真是车水马龙，贺客盈门，盛极一时。新郎新妇方举订婚礼，男女来宾围了十数层，真热闹之极。

正隆重庄重地举行婚礼，忽然后面一阵乱，大家都不知是怎么一回事。连柳燕也直纳闷，她道："怎么一回事呢？"

这时有人走进来说道："有一个丑鬼，他非要进来见新娘子一面不可，还捧着束鲜花。不叫他进来，他不听，他说只要见一面就得，并不说话。"

柳燕道："好吧，叫他进来，他也许是贺客，不能拿丑美来相人的。"

一会儿，大家分开道路，从后边走出一个人来，大家一看，都吃了惊，这丑得真跟鬼一个样了。女人都吓得心跳，柳燕还镇静，看着他走上前来。他看着柳燕，说不出的欢喜，把他捧着的一束鲜花呈给柳燕。柳燕接了过来，她看见上面有个纸条，纸条上写着字。大家这时静静地看着，一点声音也没有，看看到底是怎么一回事。

柳燕看那纸条上写的是：请您吻这束鲜花一下，是我这一生最后的安慰，刘蔼龄。

柳燕吃了一惊道："你是刘蔼龄？"

刘蔼龄战战兢兢地说道："是呀。"

柳燕不知他怎么会变得这样，可是他想起他在电影院里推自己一跤的事，她生气了，她道："哼，你还要来见吗？你这丑鬼！你还叫我吻你的花束，你太不知自爱了。"说着把那束花整个打在刘蔼龄的脸上。

大家一看，不由一惊，以为那丑鬼会要暴躁起来。谁知他却一言不发，木在那里，眼中似乎含着眼泪，可是并没有流出来。嘴像是要笑，可是笑得比哭还难看。他一声不语，转过脸去，又俯身来，拾起了花束，吻着柳燕方才拿着的地方，他讪讪着出去了。后面跟着一阵爆笑，连柳燕也笑了。

大家便问这丑怪是谁，柳燕道："就是刘蔼龄，不知怎么会变得这个样了。"

大家一听是刘蔼龄，不由又是一怔。有的说："这就是刘蔼龄吗？他不是玩弄女性的女性公敌吗？他怎么这种神气，还是追求恋爱吗？"说着，又是一阵爆笑。

柳燕笑道："玩弄女性的人，也会有今日。"

大家道："你总算是胜利者呀！"

柳燕笑了，这是胜利的微笑呀。于是又接着举行婚礼。行礼完毕，大家又要闹新房，快乐极了。过了几天，夫妇两个人到各处去旅行，度蜜月，非常甜蜜，那是人间最幸福的生活了。这是生命史上最美丽最豪华的一页了！

　　而所谓女性公敌的刘蔼龄，却始终也得不着他的消息了。不过他们偶尔谈起来，总是一个笑料谈资而已。柳燕想到影院里被他推了一跤，仍是恨他，可见刘蔼龄替她挨了镪水，她却始终不知道，并且她永远不会知道了。徒然留着一个"女性公敌"的名词，给刘蔼龄做个永久的碑文而已。

　　小说至此便告结束。

**图书在版编目(CIP)数据**

女性公敌 / 耿郁溪著. -- 北京：中国文史出版社，
2021.3

（民国通俗小说典藏文库. 耿郁溪卷）

ISBN 978 - 7 - 5205 - 2741 - 5

Ⅰ. ①女… Ⅱ. ①耿… Ⅲ. ①长篇小说 - 中国 - 现代

Ⅳ. ①I246.5

中国版本图书馆 CIP 数据核字（2020）第 245436 号

责任编辑：蔡晓欧

出版发行：**中国文史出版社**

社　　址：北京市海淀区西八里庄路 69 号院　邮编：100142

电　　话：010 - 81136606　81136602　81136603（发行部）

传　　真：010 - 81136655

印　　装：北京新华印刷有限公司

经　　销：全国新华书店

开　　本：720 × 1020　1/16

印　　张：14　　　字数：156 千字

版　　次：2021 年 3 月第 1 版

印　　次：2021 年 3 月第 1 次印刷

定　　价：55.00 元